我愿意自己的思想浩大
如天鹅越过长空，
在动荡迁徙的道路上，
不失去温和与优雅的气质。

我们可以意不在草木,
但草木正可以寄意;
我们不要叹草木无情,
因草木正能反映真性。

我们可能同时接受着雨的打击和阳光的温暖，我们也可能同时接受阳光无情的曝晒与雨水有情的润泽……

以后的十几年，我遇到任何磨难，就想起父亲的话，还有他挑着箩筐意气风发到蕉园种作的背影。

当我们不觅的时候,
则又是草漫漫地,
花香香地,阳光软软地,
到处都有好风漫上来。

当我们觅寻的时候,
是茫茫大千,
尽十方世界觅一人为伴不得;

文明是因智慧而创发,但文化则是建立于人文的悲悯。

只要独自在雪地上一站,旷古以来的落拓豪迈像是不尽的白雪,自遥远的历史中那英雄的胸怀走进自己的血脉深处来。

思想的
天鹅

林清玄 著

天地出版社 | TIANDI PRESS

代序
一程有一程的美丽

清玄,谢谢你!

此刻的我坐在书桌前,想送你一首诗:

引你以翩翩之度

用我几净的窗等待

当夜幕低垂时

是我见你心底相印

带朵心花

植在晚风里

有人说一根白发是一件心事，但我的一头布满风霜的白发，似乎诉说着我对你的遥想和思念……

无以回报的感谢，仅能以一支你送我的笔，向读者分享：你不仅倾才华于你的作品，还有你的生活。

你的人比你的文字更温暖芬芳！

以此生的生命大书，牵引和你一样善良美质的读者同行成长，触及那内在更美好的心灵境界。

每当你在书房沉湎的时候，便有一种安静的、无言的"体安然"的生活态度，让灵魂开出智慧的花！此时，我会沏一杯好茶，静静地奉上，再默默地离去。

你别样的"文字"和"美的感受"应该是让人生点亮发光、免于世俗的过程。你以一支灵笔就能创造属于你的须弥山！恬淡自然又蕴含哲理，文字如清澈的山泉、和煦的清风，散发着淡淡的自然气息，字里行间饶富禅意，让人感觉到感恩与善良，也让人内心充满宁静与关爱，犹如混沌世间的一片净土，一缕莲花的清香……

幸运如我，总是当你完稿后的第一个读者。才华横溢如你，稿纸铺好的同时，文章即已成形，字字不增不减，恰到好处，行云流水，我唯有赞叹！

记得你对我说过："一个人有坚强广大的心愿，则因缘虽遥，如风筝系线在手，知其始终；一个人有通向究竟的心愿，则圆满虽远，如地图在手，知其路径，终有抵达的一天。"你的思想与境界，我唯有一心相随相依。

我们的生活，寻常到没有杂质却无穷无尽。衣食住行简朴素雅，少了华丽繁复，却多了情真意厚。

今生遇见，是彼此人生最美好的时光。

细数过往，曾驮住无数的日升和日落，也曾将风雨化为生命的掌声！你供养一生，而我也以一生供养！

从今，荷担着你的荷担，走过你走过的路，感知你曾企及的境界！往后的人生路上，不以涩为苦，不以艰为难，一程有一程的美丽。

文学是我的净土。

"躯体虽已不存在了，灵魂却依然故我，长驻久存。"

在深沉的痛苦里，平凡人选择逃避与遗忘，文学家却更深刻地体会到了存在。

佛教所谓："离苦得乐""拔苦与乐"。苦比乐优于见道，因为苦比乐敏锐、锋利、绵密、悠长、广大，无法选择、不可回避。

在苦谛的世间，痛苦兵临城下，就会感受到真真实实的存在。

"若契本心，发随意真光之用，则苦行如握土成金。若唯务苦行而不明本心，为憎爱所缚，则苦行如黑月夜履于险道。"僧那禅师如是说。

知苦、断集、慕灭、修道都在当下！

"热即取凉，寒即向火。"生命就是如此，快乐时不要失去敏锐的觉察，痛苦时不要失去最后的希望！

以一个文学家的观点来看，不论是二十岁，还是三十岁，不论是四十岁，还是五十岁，你已然写出许多美好的作品了。

当思想已开，境界已立，书写自在，你回看昔日作品，深信已是经得起时间与空间的考验，其价值也得以确立。

文学写作，乃至一切文明、艺术、思想的创发，都是与世俗的拔河，希望能登上更高的阶梯，触及更美的境界，创作者所拉的长绳比一般人更巨大、更沉重，面对的庸俗人生有着难以超拔的拉力，所以"我思""我苦""我在"！

幸好，创作者的感觉与灵魂可以互相安慰、互相支持，才能在寂寞漫长的创作中，还葆有饱满与真切的心。

王尔德说："除了感觉，没有什么可以治疗灵魂。正如除了灵魂之外，没有什么可以治疗感觉。"

感觉与灵魂牵手并行，再加上创造的意志，所以，创作者即使面对人生的挫折、考验、颠踬，也不会失去创作的心。

兹整理成《思想的天鹅》《感性的蝴蝶》，并赋予全新的面貌。

感性与思想是文学的双翼，正如天鹅带着理想的壮怀飞越万里，蝴蝶为探撷生活的花蜜而不歇，以悲智双翼，飞翔天际，继续探知春天的消息。

《处处莲花开》则表述一个人如果心如莲花，纵使在红尘无常的世间，也不失其庄严、曼妙的心情。

在一个粗鲁的时代，细腻是必要的；

在一个赤裸的时代，含蓄是必要的；

在一个野蛮的时代，温柔是必要的；

在一个丑陋的时代，美丽是必要的！

虽然我们有所坚持，也不免会有所失落。不过，相信在某些幽微的角落，有些人开启了生命的维度和宽度，有了新的觉醒，感到了新的力量。

以恭敬之心献给清玄亲爱的读者们：永远保持内心的向往、期盼与祝愿，如一池清莲，在水中芬芳地绽放。循着人格的香气，用正向的能量，走过坎坷的生命旅程。

再以敬尊的心为清玄代序，斯人已逝，人唯情有，所留下的文字、思想，将穿越时空，永恒不朽！

从前那么美好，今天依然动人，不论多长的时间，都将是美好而动人的。

企盼读者能品味其人格的芳香。

淳珍　合十感恩

二〇二三年冬至台北双溪清淳斋

自 序
愿一切的美好都与我们同在

我苦，故我在

人人都知道笛卡尔（Rene Descartes）的名句：

"我思，故我在。"（I think, therefore I am.）

却很少人知道，笛卡尔曾说过一句感受更深刻的话：

"我苦，故我在。"（I suffer, therefore I am.）

讲出"我思，故我在"的笛卡尔，当时不过是个三十岁的青年，尚未经历深刻的人生考验，而是在梦中得句。梦里忽然得到石破天惊的一句，他回忆起那感人的片刻时说：

"一种突如其来的光华透体而过，照彻我的身心。

那一天，我在梦中听到一声晴天霹雳，仿佛真理之神从天而降，对我发出了振聋启聩的吼声。"

他突然想通了一直困扰他的问题：

觉醒时浮现于脑海的思想为什么会在梦里重现？

假如梦境是虚妄的，做梦的人是不是真的存在呢？

不思不想的人算不算存在呢？

不会怀疑"谁是我？什么是我？"的人，又算不算存在呢？

怀疑的本身，就证实了怀疑者的存在，否则怀疑又从何而来呢？

清醒之后，他把这些困惑想了一遍，做了一个结论："我思，故我在！"

他确立了在"存在"的意义里，思想比肉体更能彰显存在的价值。"我思"是"我怀疑"，"故我在"是"所以我得到真理"。

我就是怀疑的主体。

我就是能够思想的事物或心智。

我可以怀疑我的躯体和赖以生存的物质世界是不是真实地存在着,但是我不能否定怀疑的主体或思想本身的存在性。

由此可知,我是一种能思能虑的事物。

这种事物不一定要有物质和方位才能生存。

这个事物就是我,我就是灵魂。

灵魂和躯体不同,没有灵魂,我就不能成为我,更谈不上怀疑和思虑了。

我的躯体不存在了,灵魂却依然故我,长驻久存。

笛卡尔描绘出人类共同的形象——在一个机械呆板的躯壳里住着一个活生生的灵魂。

片刻忧伤淹没永恒的思想

笛卡尔终生未婚,却和情人生了一个女儿弗兰辛妮。

他非常钟爱女儿，认为世界上没有任何事物比女儿更值得珍视，他正计划把女儿带到文明的巴黎教养之际，爱女却突然患不治之症夭折了。

笛卡尔痛不欲生，感觉到"片刻的忧伤几乎淹没了永恒的思想"。在极端的痛苦中，他回到了思想的堡垒，再度证实了存在，使自己对生命的"怀疑论"更为确立。

他说："我苦，故我在。"

在深沉的痛苦里，平凡人选择逃避与遗忘，哲学家却更深刻地体会了存在。

灵魂该起床的时候

笛卡尔应邀到瑞典担任皇家的哲学教师，主要的学生是瑞典女王克里丝蒂。

女王坚持每天在天刚破晓时上哲学课，所以笛卡尔必须半夜摸黑起床，冒着风雪进宫。这对一向晚起的笛卡尔是可怕的折磨，最后病倒在床，他说："我是一个活灵魂，无时无刻不在追求真理。"

一六五〇年二月十一日，笛卡尔在黑暗中睁开眼睛，问侍者说："现在是什么时候？"

"现在是清晨四点。"

"我该起床了，女王已经在宫里等我讲课了。"

他坐起来，因为体力不支又倒下。

他说："这该是灵魂起床的时候了。"

笛卡尔闭上眼睛，进入永恒的梦乡。

悟者，吾心归处

"我思，故我在！"

没有思想，就没有我的存在。没有怀疑，就没有真理。

我想起丹霞天然禅师在天寒地冻的雪夜，把庙里的佛像拿来烧火取暖。

庙里的和尚非常气愤，质问他："你怎么可以烧佛像呢？"

"我烧来看看佛像里有没有舍利子！"

"佛像里怎么可能会有舍利子？"

"既然没有舍利子，再拿几个来烧吧！"

佛像最真实的意义不在他的外表，而在他是一个思想的象征，是佛法的表现。如果只知道礼拜佛像，却不去探索佛的思想，不去了解佛法的实意，那还不如烧了吧！

丹霞天然不是在烧佛像，而是希望大破大立，让寺里的和尚了悟"我思，故我在"。

"悟"，乃"吾心归处"，正是"我思，故我在"！

苦行如握土成金

"我苦，故我在！"

苦，是人生里最真切的感受。

自序　愿一切的美好都与我们同在

佛教就是根源于苦的宗教，是希望能"离苦得乐""拔苦与乐"的宗教。

苦比乐优于见道，因为苦比乐敏锐、锋利、绵密、悠长、广大、无法选择、不可回避。

在苦谛的世间，痛苦兵临城下，就会感受到真真实实的存在。

因此，苦的时候不要白白受苦，总要苦出一点存在的意义，苦出一些生命的超越。

若契本心，发随意真光之用，则苦行如握土成金。

若唯务苦行而不明本心，为憎爱所缚，则苦行如黑月夜履于险道。

僧那禅师如是说。

如果能契入存在的本心，启发随意光明的妙用，苦行就像握着泥土变成黄金；如果只知道苦行，却不明白体会本心，被怨憎和贪爱所束缚，苦行就像黑暗的夜晚在险峻的路上行走。

苦行是这样，生命中的苦难也是这样。苦难是人生路上的泥土，只有深切体会苦谛苦境的人，才能把泥土握成黄金。

我们每天都在走出东门、西门、南门、北门呀，却只有释迦牟尼每次都看到了"我苦，故我在"，也证明了"我已解脱，苦也寂灭"。

知苦、断集、慕灭、修道，哪一个不在当下呢？

"热即取凉，寒即向火。"每次遇到生命的苦冲击时，我就想起长沙景岑禅师的话语："热了就去乘凉，冷了就去烤火。"生命就是如此，快乐时不要失去敏锐的觉察，痛苦时不要失去最后的希望！

一片树叶也会摇动春风

笛卡尔被誉为近代哲学之父，因为他是中世纪以来最早突破经院哲学的思想桎梏，敢于怀疑、敢于理性、敢于独立思想的哲学家。

禅宗的祖师也是如此："佛来佛斩，魔来魔斩""丈夫自有冲天志，不向如来行处行""随缘而行，随处自在"。因为大破，所以大立，因为大疑，所以大悟！

"思"与"在"、"疑"与"悟"都不是过去与未来的，而是当时当刻，刻刻如金。

寻求生命终极的人，要把全身心倾注于迎面而来的每一刻，终有一天会发现，不只春风会吹抚树叶，一片树叶也会摇动春风，带来全部的春天。春风与树叶，是同时存在的。

芦苇与甘蔗同饮溪水

人生是苦，苦是泥泞，我们是不是要永远在泥地行走？或者抬头仰望天上的明星？

我既无法断除苦的现实，只好锻炼心灵飞离现实的困局，所以要在心上长出一双翅膀。

一边翅膀是神秘的渴望,一边翅膀是美好的梦想。

一边翅膀是彼岸的追寻,一边翅膀是此岸的探索。

一边翅膀是理想的情境,一边翅膀是感情的真挚。

一边翅膀是悲愿的光芒,一边翅膀是道心的钻石。

每个人需要的翅膀不同,但是人人都需要翅膀,人人也都需要飞行、提升与超越。

我思,故我在!我苦,故我在!我飞,故我在!

诗人鲁米有一首两行的短诗:

两种芦苇共饮一条溪水,
其一中空,其二为甘蔗。

为什么溪水边的两种芦苇,有一种可以生出甜蜜的汁液呢?这使我想起爱因斯坦说过类似的话:

生活方式只有两种,
一种是认为世上没有奇迹,
一种是认为无事不是奇迹。

认为世上没有奇迹的人，内心是空的；认为无事不是奇迹的人，内心就有甜蜜，还能把甜蜜分给别人。

我们都是站在大化的水边同饮一条溪水的人呀！我愿自己是相信奇迹无处不在的人，我也愿自己是内心有甜美汁液并能分享的人。

文学是我的净土

我想，因为内心美好，深信无事不是奇迹，使我成为一个文学家吧！

寻索我创作的源头，若用最简单的话说，正是悲愿与道心的实现。写作，于我是一种悲愿，希望人能更确立情感的价值，追寻美好的境界，体会文明的生活；永远坚持写作，于我是一种道心，苦乐如是，成败如是，得失如是。每天，书桌是我的供桌，是我的坛城，是我的朝圣，也是我的净土。我愿以笔焚香，来供养世界，供养众生，供养一切的有情。

重读这些从少年时代、青年时代一直到如今的作品，仿佛循着岁月的台阶，一步一步向上攀登，每一步都那么真实，偶然回头一望，山上风景甚美，山风非常凉爽，连那登山时的汗水也变得甜美了。

　　以一个文学家的观点来看，我在从前，不论是二十岁、三十岁、四十岁，或是五十岁，就已经写出许多美好的作品了。在重读整理这些作品时，自己也常感动得盈满泪水。现在思想已开，境界已立，书写自在，回观昔日写作，都深信它经得起时间与空间的考验，确实有重新出版的价值。

　　将近四百年前，笛卡尔三十岁的时候说："我思，故我在。"

　　四十岁，他说："我苦，故我在。"

　　五十四岁，留下最后的话语："这该是灵魂起床的时候了。"

　　思想家不能免于沉思与受苦，文学家，亦如是。

愿一切的美好都与我们同在

"沉思"与"受苦",并不是一般的胡思乱想、受苦受难,而是感觉、思想、精神、灵魂与凡俗生活的拔河。

文学创作,乃至一切文明、艺术、思想的创发都是与世俗的拔河,希望能登上更高的阶梯,希望能触及更美的境界,拉的长绳比一般人更巨大、更沉重。因为面对的庸俗人生有着难以超拔的拉力,所以"我思""我苦""我在"!

幸好,创作者的感觉与灵魂可以互相安慰,互相支持,才能在寂寞漫长的创作中还保有饱满与真切的心。

王尔德说:"除了感觉,没有什么可以治疗灵魂。正如除了灵魂之外,没有什么可以治疗感觉。"

感觉与灵魂牵手前行,再加上创造的意志,使我们在挫折、考验、颠踬中也不会失去创作的心。

我与九歌结缘近三十年,出版了三十几部书,留下了从青年到如今文学创作的重要历程。感谢读者的厚爱,这些书销售了数百万册,陪伴数百万人成长,度过了美好的岁月。回观这些年的写作,也正是感觉与灵魂互相安慰,思想与感性扶持成长的旅程,我热爱这种成长,也确立这种价值,因此,趁着新年,将这些书作了一个总整理,给予全新的面貌,推出两册散文选:《思想的天鹅》《感性的蝴蝶》。

感性与思想是我的文学双翼,正如天鹅带着理想的壮怀飞越万里,蝴蝶不停采撷生活的花蜜。我愿有悲智双翼,能飞翔天际,继续探知春天的消息。

"除了思想,没有什么可以支持感性。正如除了感性之外,没有什么可以支持思想。"

日日是好日,在每天黎明的时刻,不论阴晴、不论苦乐,我都会坚持写作。

步步开莲花,正如从前,我会以悲愿、以道心,把作品献给有缘的朋友,向大家分享我的感觉、我的灵魂、我的悲喜、我的成长。

我庆幸自己是深信无事不是奇迹的人。窗外飘过的白云、门前流过的溪水、天际盘桓的苍鹰、细语呢喃的燕子、孩子天真的话语、人间深情的呼唤、大化无声的天籁……这一切，从前是那么美好，今天依然动人，未来不论多长的时空，都将美好而动人。

愿一切的美好都与我们同在！

二〇〇四年新春
台北双溪清淳斋

目录

第一章　有情生

003　　四　随

017　　有情生

030　　横过十字街口

036　　思想的天鹅

040　　太阳雨

047　　水晶石与白莲花

054　　路上捡到一粒贝壳

第二章　兵卒无河

065　鸳鸯香炉

074　箩筐

084　红心番薯

094　兵卒无河

109　过火

123　吴郭鱼与木瓜树

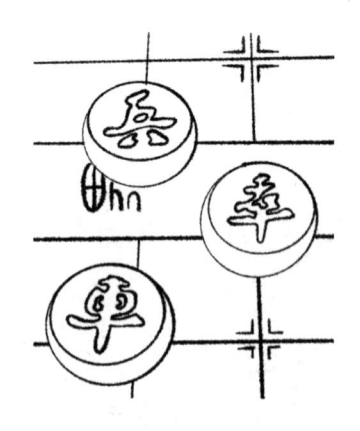

第三章　无关风月

135　黄玫瑰的心

140　莲花与冰冻玫瑰

149　无关风月

161　无声飘落

165　欢乐悲歌

171　合欢山印象

186　日光五书

第一章 有情生

四　随

随　喜

通化街入夜以后，常常有一位乞者，从阴暗的街巷中冒出来。

乞者的双腿齐根而断，他用包着厚厚棉布的手掌走路。他双手一撑，身子一顿，就腾空而起，然后身体向一尺前的地方扑跌而去，用断腿处点地，挫了一下，双手再往前撑。

他一走路几乎是要惊动整条街的。

因为他在手腕的地方绑了一个小铝盆，那铝盆绑的位置太低了，他一"走路"，就打到地面咚咚作响，仿佛是在提醒过路的人，不要忘了把钱放在他的铝盆里面。

大部分人听到咚咚的铝盆声，俯身一望，看到时而浮起时而顿挫的身影，都会发出一声惊诧的叹息。但是，也是大部分的人，叹息一声，就抬头仿佛未曾看见什么地走过去了。只有极少极少的人，怀着一种悲悯的神情，给他很少的布施。

人们的冷漠和他的铝盆声一样令人惊诧！不过，如果我们再仔细看看通化夜市，就知道再悲惨的形影人们也已经见惯了。短短的通化街上就有好几个行动不便、肢体残缺的人在卖奖券：一位点油灯弹月琴的老盲妇、一位头大如斗四肢萎缩摊在木板上的孩子、一位软脚全身不停打摆的青年、一位口水像河流一般流淌的小女孩，还有好几位神志纷乱来回穿梭终夜胡言的人……这些景象，使人们因习惯了苦难而逐渐把慈悲掩盖在冷漠的角落。

那无腿的人是通化街上落难的乞者之一，不会引起特别的注意，因此他的铝盆常是空着的。他为了引起人们的注意，有时故意来回迅速地走动，一浮一顿，一顿一浮……有时候站在街边，听到那急促敲着地面的铝盆声，可以听见他心底多么悲切地渴盼着。

他恒常戴着一顶斗笠，灰黑的，有几茎草片翻卷了起

第一章　有情生

来。我们站着往下看，永远看不见他脸上的表情，只能看到那有些破败的斗笠。

有一次，我带孩子逛通化夜市，忍不住多放了一些钱在那游动的铝盆里。无腿者停了下来，孩子突然对我说："爸爸，这没有脚的伯伯笑了，在说谢谢！"这时我才发现孩子站着的身高正与无腿的人一般高，想是看见他的表情了。无腿者听见孩子的话，抬起头来看我，我才看清他粗黑的脸，整个被风霜淹渍，厚而僵硬，是长久没有使用过表情的那种。后来，他的眼睛和我的眼睛相遇，我看见了这一直在夜色中被淹没的眼睛透射出一种温暖的光芒，仿佛在对我说话。

在那一刻，我几乎能体会到他的心情，这种心情使我有着悲痛与温柔交错的酸楚。然后他的铝盆又响了起来，向街的那头响过去。我的胸腔就随他顿挫顿浮的身影而摇晃起来。

我呆立在街边，想着，在某一个层次上，我们都是无脚的人，如果没有人与人间的温暖与关爱，我们根本就没有力量走路。不管在任何时候，任何地方，我们见到了令我们同情的人而行布施之时，我们等于在同情自己，同情我们生在这苦痛的人间，同情一切不能离苦的众生。倘若我们的布施使众生得一丝喜悦温暖之情，这布施不论多少，都有了动人的质地，因为众生之喜就是我们之喜，所以佛教里把布施、供养称为"随喜"。

这随喜，有一种非凡之美，它不是同情，不是悲悯，而是因众生喜而喜，就好像在连绵的阴雨之间让我们看见一道晴灿的彩虹升起，不知道阴雨中有彩虹的人就不会有随喜的心情。因为我们知道有彩虹，所以我们布施时应怀着感恩，不应稍有轻慢。

我想起经典中那伟大充满了庄严的维摩诘居士，在一个动人的聚会上，有人供养他一些精美无比的璎珞，他把璎珞分成两份，一份供养难胜如来佛，一份布施给聚会里最卑下的乞者，然后他用一种威仪无匹的声音说："若施主等心施一最下乞人，犹如如来福田之相，无所分别，等于大悲，不求果报，是则名曰具足法施。"

他甚至警策地说，那些在我们身旁、一切来乞求的人，都是住不可思议解脱菩萨境界的菩萨来示现的，他们是来考验我们的慈悲心与菩提心，使我们从世俗的沦落中超拔出来。我们若因乞求而布施来植福德，我们自己也只是个乞求的人；我们若看乞者也是菩萨，布施而怀恩，就更能使我们走出迷失的津渡。

第一章　有情生

我们布施时应怀着最深的感恩，感恩我们是布施者，而不是乞求的人；感恩那些秽陋残疾的人，使我们警醒，认清这是一不完满的世界，我们也只是一个不完满的人。

"一切菩萨所修无量难行苦行，志求无上正等菩提，广大功德，我皆随喜。如是虚空界尽、众生界尽、众生烦恼尽，我此随喜无有穷尽。"

我想，怀着同情、怀着悲悯，甚至怀着苦痛、怀着鄙夷来注视那些需要关爱的人，那不是随喜，唯有怀着感恩与菩提，使我们清和柔软，才是真随喜。

随　业

打开孩子的饼干盒子，在角落的地方看到一只蟑螂。

那蟑螂静静地伏在那里，一动也不动。我看着这只见到人不逃跑的蟑螂而感到惊诧的时候，突然看见蟑螂的前端裂了开来，探出一个纯白色的头与触须，接着，它用力挣扎着把身躯缓缓地蠕动出来，那么专心、那么努力，使我不敢惊动它，静静蹲下来观察它的举动。

这蟑螂显然是要从它破旧的躯壳中蜕变出来，它找到饼干盒的角落脱壳,一定认为这是绝对的安全之地,不想被我偶然发现,不知道它的心里有多么心焦。可是再心焦也没有用,它仍然要按照一定的程序,先把头伸出,把脚小心地一只只拔出来,一共花了大约半小时的时间,蟑螂才完全从它的壳用力走出来,那最后一刻真是美,是石破天惊的,有一种纵跃的姿势。我几乎可以听见它喘息的声音,它也并不立刻逃走,只是用它的触须小心翼翼地探着新的空气、新的环境。

新出壳的蟑螂引起我的叹息,它是纯白的、几近于没有一丝杂质,它的身体有白玉一样半透明的、精纯的光泽。这日常引起我们厌恨的蟑螂,如果我们把所有对蟑螂既有的观感全部摒除,我们可以说那蟑螂有着非凡的惊人之美,就如同是草地上新蜕出的翠绿的草蝉一样。

当我看到被它脱除的那污迹斑斑的旧壳,觉得这初初钻出的白色小蟑螂是干净的,对人没有一丝害处。对于这纯美干净的蟑螂,我们几乎难以下手去伤害它的生命。

后来,我养了那蟑螂一小段时间,眼见它从纯白变成灰色,再变成灰黑色,那是转瞬间的事了。随着蟑螂的成长,它慢慢地从安静地探触而成为鬼头鬼脑的样子,不安地在饼干盒里搔爬,一见到人或见到光,它就不安焦急地

第一章　有情生

想要逃离那个盒子。

最后,我把它放走了。放走的那一天,它迅速从桌底穿过,往垃圾桶的方向遁去了。

接下来好几天,我每次看到德国种的小蟑螂,总是禁不住地想,到底这里面,哪一只是我曾看过它美丽的面目,被我养过的那只纯白的蟑螂呢?我无法分辨,也不须去分辨,因为在满地乱爬的蟑螂里,它们的长相都一样,它们的习气都一样,它们的命运也是非常类似的。

它们总是生活在阴暗的角落,害怕光明的照耀,它们或在阴沟或在垃圾堆里度过它们平凡而肮脏的一生。假如它们跑到人的家里,等待它们的是克蟑、毒药、杀虫剂,还有用它们的性费洛蒙①做成、来诱捕它们的蟑螂屋,以及随时踩下的巨脚、擎空打击的拖鞋,使它们在一击之下尸骨无存。

这样想来,生为蟑螂是非常可悲而值得同情的,它们是真正的"流浪生死,随业浮沉",这每一只蟑螂是从哪里来投生的呢?它们短暂的生死之后,又到哪里去流浪

---

① 性费洛蒙:即性信息素,是进行两性生殖的动物为互相识别而释放出的物质。——编者注

呢？它们随业力的流转到什么时候才会终结呢？为什么没有一只蟑螂能维持它初生时纯白、干净的美丽呢？

这无非都是业。

无非是一个不可知的背负。

我们拼命保护那些濒临绝种的美丽动物，那些动物还是绝种了。我们拼命创造各种方法来消灭蟑螂，蟑螂却从来没有减少，反而增加。

这也是业，美丽的消失是业，丑陋的增加是业，我们如何才能从业里超拔出来呢？从蟑螂，我们也看出了某种人生。

随　顺

在和平西路与重庆南路交口的地方，每天都有卖玉兰花的人，不只在天气晴和的日子，他们出来卖玉兰花，大风雨的日子，他们也出来卖玉兰花。

卖玉兰花的人里，有两位中年妇女，一胖一瘦；有一位消瘦肤黑的男子，怀中抱着幼儿；有两个小小的女孩，一个十岁，一个八岁；偶尔，会有一位背有点弯的老先生

第一章　有情生

和一位白发苍苍的老妇,也加入贩卖的阵容。

如果在一起卖的人多,他们就和谐地沿着罗斯福路、新生南路步行扩散,所以有时候沿着和平东西路走,会发现在复兴南路口、建国南路口、新生南路口、罗斯福路口、重庆南路口都是几张熟悉的脸孔。

卖花的不管是老人还是孩子,他们都非常和气,端着用湿布盖好以免玉兰枯萎的木盘子从面前走过,开车的人一摇手,他们绝不会有任何嗔怒之意。如果把车窗摇下,他们会赶忙站到窗口,送进一缕香气来。在绿灯亮起的时候,他们就站在分界的安全岛上,耐心等候下一个红灯。

我自己就是大学教授和交通专家所诅咒的那些姑息着卖玉兰花的人,不管是在什么样的路口,遇到任何卖玉兰花的人,我总是忘了交通安全的教训,买几串玉兰花。买到后来,竟认识了罗斯福路、重庆南路口几位卖玉兰花的人。

买玉兰花时,我不是在买那些清新怡人的花香,而是买那生活里辛酸苦痛的气息。

每回看到卖花的人站在烈日下默默拭汗,我就忆起我的童年时代为了几毛钱在烈日下卖枝仔冰,在冷风里卖枣子糖的过去。在心里,我可以贴近他们心中的渴盼,虽然他们只是微笑着挨近车窗，但在心底，是多么希望有人摇下车窗，买一串花。这关系着人间温情的一串花才卖十元，是多么便宜，但便宜的东西并不一定廉价，在冷气车里坐着的人能不能理解呢？

几个卖花的人告诉我，最常向他们买花的是计程车司机，大概是计程车司机最能理解辛劳奔波的生活是什么滋味，他们对街中卖花者遂有了最深刻的同情。其次是开小车子的人。最难卖的对象是开着豪华进口车、车窗是黑色的人，他们高贵的脸一看到玉兰花贩走近，就冷漠地别过头去。

有时候，人间的温暖和钱是没有关系的，我们在烈日焚烧的街头动了不忍之念，多花十元买一串花，有时在意义上胜过富者为了表演慈悲、微笑照相登上报纸的百万捐输。

不忍？

是的，我买玉兰花时就是不忍看人站在大太阳下讨生活，他们为了激起人的不忍，有时把婴儿也背了出来，有人批评他们把孩子背到街上讨取人的同情是不对的。可是我这样想：当妈妈出来卖玉兰花时，孩子要交给保姆或用人吗？当我们为烈日曝晒而心疼那个孩子，难道他的母亲不痛心吗？

遇到有孩子的，我们多买一串玉兰花吧！不要问什么理由。

我是这样深信：站在街头的这一群沉默卖花的人，他们如果有更好的事做，是绝对不会到街上来卖花的。

设身处地地为苦难的人着想，平等地对待他们，这就是"随顺"。我们顺着人的苦难来满他们的愿，用更大的慈和的心情让他们不要在窗口空手离去，那并不是说我们微薄的钱真能带给卖花的人什么利益，而是说我们因有这慈爱的随顺，使我们的心更澄澈、更柔软，洗涤了我们的污秽。

"一切众生而为树根，诸佛菩萨而为华果，以大悲水饶益众生，则能成就诸佛菩萨智慧华果。"

我买玉兰花的时候，感觉上，是买一瓣心香。

随　缘

有一位朋友，她养了一条土狗，狗的左后脚因被车子碾过，成了瘸子。

朋友是在街边看到这条小狗的,那时小狗又脏又臭,在垃圾堆里捡吃食物,朋友是个慈悲的人,就把它捡了回来,按照北方习俗,名字越俗贱的孩子越容易养,朋友就把那条小狗正式命名为"小癞子"。

小癞子原是人见人恶的街狗,到朋友家以后就显露出它如金玉的一些美质。它原来是一条温柔、听话、干净、善解人意的小狗,只是因为生活在垃圾堆,它的美丽一直未被发现吧。它的外表有一点土,神情却很灵动,它的癞,到后来反而成了惹人喜爱的一个特点,因为它不像平凡的狗乱纵乱跳,倒像一个温驯的孩子,总是优雅地跟随它美丽的女主人散步。

朋友对待小癞子也像对待孩子一般,爱护有加,由于她对一条癞狗的疼爱,在街间中的孩子都唤她:"小癞子的妈妈。"

小癞子的妈妈爱狗,不仅孩子知道,连狗也知道,她有时在外面散步,巷子里的狗都跑来跟随她,并且用力地摇尾巴,成为一种极为特殊的景观。

小癞子慢慢长大,成为人见人爱的狗,天天都有孩子专程跑来带它去玩,天黑的时候再带回来。由于爱心,小癞子竟成为巷子里最得宠的狗,任何名种狗都不能和它相比。也因为它的得宠,有人以为它身价不凡,一天夜里,小瘸子被抱走了,朋友和她的小女儿伤心得就像失去一个孩子,巷子里的孩子也惘然失去最好的玩伴。

两年以后,朋友在永和一家小面摊子上认出了小瘸子,它又恢复在垃圾堆的日子,守候在桌旁,捡拾人们吃剩的肉骨头。

小瘸子立即认出它的旧主人,人狗相见,忍不住相对落泪,那小瘸子流下的眼泪竟然滴到地上。

朋友又把小瘸子带回家,整条巷子因为小瘸子的回家而充满了喜庆的气息,这两年间小瘸子的遭遇是不问可知的,一定受过不少折磨,但它回家后又恢复了往日的神采。过不久,小瘸子生了一窝小狗,生下的那天就全被预约,被巷子里,甚至远道来的孩子所领养。

做过母亲的小瘸子比以前更乖巧而安静了。有一次我和朋友去买花,它静静跟在后面,不肯回家,朋友对它说了许多哄小孩一样的话,它才脉脉含情地转身离去。从那一次以后,我再也没有看过小瘸子了,它是被偷走了?还是自己离家而去?或是被捕狗队的人所逮捕?没有人知道。

朋友当然非常伤心,却不知道在什么时间什么地点可以再与小瘸子会面。朋友与小瘸子的缘分又是怎么来的呢？是随着前世的因缘，或是开始在今生的会面？

　　一切都未可知。

　　但我的朋友坚信有一天能与小瘸子再度相逢，她美丽的眼睛望着远方说："人家都说随缘，我相信缘是随愿而生的。有愿就会有缘，没有愿望，就是有缘的人也会错身而过。"

有情生

我很喜欢英国诗人布莱克的一首短诗：

被猎的兔每一声叫，
就撕掉脑里的一根神经；
云雀被伤在翅膀上，
一个天使止住了歌唱。

在短短的四句诗里，他表达了一个诗人悲天悯人的胸怀，看到被猎的兔子和受伤的云雀，诗人的心情化作兔子和云雀，然后为人生写下了警语。这首诗可以说暗暗冥合了佛家的思想。

在我们眼见的生命里（也就是佛家所言的"六道众生"），是不是真是有情的呢？佛家所说的"仁人爱物"是不是说明着物与人一样地有情呢？

每次我看到林中歌唱的小鸟，总为它们的快乐感动；看到天际结成人字，一路南飞的北雁，总为它们互助相持感动；看到喂饲着乳鸽的母鸽，总为它们的亲情感动；看到微雨里比翼双飞的燕子，总为它们的情爱感动。这些长着翅膀的飞禽，处处都显露了天真的情感，更不要说在地上体躯庞大、头脑发达的走兽了。

甚至，在我们身边的植物，有时也表达着一种微妙的情感，或者更确切地说，是机缘和生命力；只要我们仔细观察那些在阳光雨露中快乐展开叶子的植物，感觉高大树木的精神和呼吸，体会那正含苞待开的花朵，还有在原野里随风摇动的小草，都可以让人真心动容。

有时候，我又觉得怀疑，这些简单的植物可能并不真的有情，它的情是因为和人的思想联系着的，就像佛家所说的"从缘悟达"。禅宗里留下许多这样的见解，有的看到翠竹悟道，有的看到黄花悟道，有的看到夜里大风吹折松树悟道，有的看到牧牛吃草悟道，有的看到洞中大蛇吞食蛤蟆悟道，都是因无情物而观见了有情生。世尊释迦牟尼也因夜观明星悟道，留下"因星悟道，悟罢非星，不逐于物，不是无情"的精语。

我们对所有无情之物表达的情感也应该作如是观。吕洞宾有两句诗："一粒粟中藏世界，半升铛内煮山川"，原是把世界山川放在个人的有情观照里；也就是性情所至，花草为之含情脉脉的意思。正是有许多草木原是无心无情，若能触动人的灵机，则颇有余味。

我们可以意不在草木，但草木正可以寄意；我们不要叹草木无情，因草木正能反映真性。在有情者的眼中，蓝田能日暖，良玉可以生烟；朔风可以动秋草，边马也有归心；蝉噪之中林愈静，鸟鸣声里山更幽；甚至感时的花会溅泪，恨别的鸟也惊心……何况是见一草一木于性情之中呢？

常春藤

在我家巷口有一间小的木板房屋，居住着一位卖牛肉面的老人。那间木板屋可能是一座违章建筑，由于年久失修，整座木屋往南方倾斜成一个夹角，木屋处在两座大楼之间，益形破败老旧，仿佛随时随地都要倾颓散成一片片木板。

　　任何人路过那座木屋，都不会有心情去正视一眼，除非看到老人推着面摊出来，才知道那里原来还有人居住。

　　但是在那断板残瓦南边斜角的地方，却默默地生长着一株常春藤，那是我见过最美的一株。许是长久长在阴凉潮湿肥沃的土地上，常春藤简直是毫无忌惮地怒放着，它的叶片长到像荷叶一般大小，全株是透明翡翠的绿，那种绿就像朝霞照耀着远远群山的颜色。

　　沿着木板壁的夹角，常春藤几乎把半面墙长满了，每一株绿色的枝条因为被夹壁压着，全往后仰视，好像望天空伸出了一排厚大的手掌。除了往墙上长，它还在地面四周延伸，盖满了整个地面，近看有点像还没有开花的荷花池。

　　我虽然种植了许多观叶植物，心里却独独偏爱木板屋后面的那片常春藤。无事的黄昏，在附近散步，总要转折到巷口去看那株常春藤，有时看得发痴，隔不了几天去看，就发现它完全长成不同的姿势，每个姿势都美到极点。

　　有几次是清晨，叶片上的露珠未干，一颗颗滚圆的随风在叶上转来转去，我才仔细地看它的叶子，每一片叶都

第一章 有情生

是完整饱满的,丝毫没有一丝残缺,而且没有一点尘迹。可能正因为它长在夹角,连灰尘都不能至,更不要说小猫小狗了。

我爱极了长在巷口的常春藤,总想移植到家里来种一株,几次偶然遇到老人,却不敢开口。因为它正长在老人面南的一个窗口,倘若他也像我一样珍爱他的常春藤,恐怕不肯让人剪栽。

有一回正是黄昏,我蹲在那里,看到常春藤又抽出许多新芽。正在出神之际,老人推着摊车要出门做生意,木门咿呀一声,他对着我露出了善意的微笑,我趁机说:"老伯,能不能送我几株您的常春藤?"

他笑着说:"好呀,你明天来,我剪几株给你。"然后我看着他的背影背着夕阳向巷子外边走去。

老人如约地送了我常春藤,不是一两株,是一大把,全是他精心挑拣过、长在墙上最嫩的一些。我欣喜地把它种在花盆里。

没想到第三天台风就来了,不但吹垮了老人的木板屋,也把一整株常春藤吹得没有影踪,只剩下一片残株败叶,老人忙着整建家屋,把原来一片绿意的地方全清扫干净,木屋也扶了正。我觉得怅然,将老人送我的一把常春藤要还给他，他只要了一株，他说："这种草的耐力强，一株就要长成一片了。"

老人的常春藤只随便一插，也并不见他施水除草，只接受阳光和雨露的滋润。我的常春藤细心地养在盆里，每天晨昏依时浇水，同样也在阳台上接受阳光和雨露。

然后我就看着两株常春藤在不同的地方生长，老人的常春藤愤怒地抽芽拔叶，我的是温柔地缓缓生长；他的芽愈抽愈长，叶子愈长愈大；我的则是芽愈来愈细，叶子愈长愈小。比来比去，总是不及。

那是去年夏天的事了。现在，老人的木板屋有一半已经被常春藤覆盖，甚至长到窗口；我的花盆里，常春藤已经好像长进宋朝的文人画里了，细细的垂覆枝叶。我们研究了半天，老人说："你的草没有泥土，它的根没有地方去，怪不得长不大。呀！还有，恐怕它对这块烂泥地有了感情呢！"

非洲红

三年前，我在花店里看到一株植物，茎叶全是红色的，虽是盛夏，却溢着浓浓秋意。它被种植在一个深黑色滚着白边的瓷盆里，看起来就像黑夜雪地里的红枫。卖花的小贩告诉我，那株红植物名字叫"非洲红"，是引进自非洲的观叶植物。

我向来极爱枫树，对这小圆叶而颜色像枫叶的非洲红自也爱不忍释，就买来摆在书房窗口外的阳台，每日看它在风中摇曳。

非洲红是很奇特的植物，放在室外的时候，它的枝叶全是血一般的红；摆在室内就慢慢转绿，有时就变得半红半绿，在黑盆子里煞是好看。它叶子的寿命不久，隔一两月就全部落光，然后在茎的根头又一夜之间抽放出绿芽，一星期后又是满头红叶了，使我深刻感受到时光变异的快速，以及生机的运转。年深日久，它成为院子里我非常喜爱的一株植物。

去年搬家的时候，因为种植的盆景太多，有一大部分都送人了。新家没有院子，我只带了几盆最喜欢的花草，大部分的花草都很强韧，可以用卡车运载，只有非洲红，它的枝叶十分脆嫩，我不放心搬家工人，因此用一个木箱子把它固定装运。

没想到一搬了家，诸事待办，过了一星期安定下来以后，才想到非洲红的木箱。原来它被原封不动地放在阳台，打开以后，发现盆子里的泥土干裂了，叶子全部落光，连树枝都萎缩了。我的细心反而害了一株植物，使我伤心良久，但我转念一想："植物的生机是很强韧的，再养养看，说不定能使它复活。"

我便把非洲红放在阳光照射得到的地方，每日晨昏浇水，夜里我坐在阳台上喝茶的时候，就怜悯地望着它，并无力地祈祷它的复活。大约过了一星期左右，有一日清晨我发现，非洲红抽出碧玉一样的绿芽，含羞地默默地探触它周围的世界，我心里的高兴远胜过辛苦种植的郁金香开了花。

我不知道非洲红是不是真的来自非洲，如果是的话，经过千山万水的移植，经过花匠的栽培而被我购得，其中确实有一种不可言说的缘分。它经过苦旱的锻炼竟能从裂土里重生，生命力是令人吃惊的。现在我的阳台上，非洲红长得比过去还要旺盛，每天仰着红红的脸蛋享受阳光的润泽。

由非洲红，我想起中国北方的一个童话"红泉的故事"：在没有人烟的大山上，有一棵大枫树，每年枫叶红的秋天，大树的根渗出来一股不息的红泉，只要人喝了红泉就全身温暖，脸色比桃花还要红。而那棵大枫树就站在山上，看那些女人喝过它的红泉水，就选其中最美的女人抢去做媳妇，等到雪花一落，那个女人也就变成枫树了。这是一个虚构的童话，却说明了古人的心目中确实认为枫树也是有灵的。枫树既然有灵，与枫树相似的非洲红又何尝不是有灵的呢？

在中国的传统里，人们认为一切物类都有生命，有灵魂，有情感，能和人做朋友，甚至恋爱和成亲。同样的，人对物类也有这样的感应。我有一位爱兰的朋友，他的兰花一旦不幸死去，他会痛哭失声，如丧亲人。我的灵魂没有那样纯洁，但是看到一棵植物的生死会使人喜悦或颓唐，恐怕是一般人都有过的经验吧！

非洲红变成我最喜欢的一株盆景，我想除了缘分，就是它在死到最绝处的时候，还能在一盆小小的土里重生。

紫茉莉

我对那些按着时序在变换着姿势，或者是在时间的转移中定时开合，或者受到外力触动而立即反应的植物，总是保持着好奇和喜悦的心情。

像种在园子里的向日葵或是乡间小道边的太阳花，是什么力量让它们随着太阳转动呢？难道只是对光线的一种敏感？

像平铺在水池的睡莲，白天它摆出了最优美的姿势，为何在夜晚偏偏睡成一个害羞的球状？而昙花正好和睡莲相反，总是要等到夜深人静的时候，才张开笑颜，放出芬芳。夜来香、桂花、七里香，总是愈黑夜之际愈能品味它们的幽香。

还有含羞草和捕虫草，它们一受到摇动，就像一位含羞的姑娘默默地颔首。还有冬虫夏草，明明冬天是一只虫，夏天却又变成一株草。

在生物书里，我们都能找到解释关于这些植物变异的、一些经过实验的理由，这些理由对我却都是不足的。我相信在冥冥中，一定有一些精神层面是我们无法找到的，在精神层面中，说不定这些植物都有一颗看不见的心。

能够改变姿势和容颜的植物，和我关系最密切的是紫茉莉花。

我童年的家后面有一大片未经人工垦殖的土地，经常开着美丽的花朵,有幸运草的黄色或红色小花,有银合欢黄或白的圆形花,有各种颜色的牵牛花,秋天一到,还开满了随风摇曳的芦苇花……就在这些各种形色的花朵中,到处都夹生着紫色的小茉莉花。

紫茉莉是乡间最平凡的野花,它们整片整片地丛生着,貌不惊人,在万绿中却别有一番姿色。在乡间,紫茉莉的名字是"煮饭花",因为它在有露珠的早晨,或者白日中天的正午,或者是星满天空的黑夜都紧紧闭着。只有一段短短的时间开放,就是在黄昏夕阳将下,农家结束了一天的劳作,炊烟袅袅升起的时候,才像突然疏解了满怀心事,快乐地开放出来。

每一位农家妇女都在这个时间下厨做饭,所以它被称为"煮饭花"。

这种草本植物,生命力非常强盛,繁殖力特强,如果在野地里种一株紫茉莉,隔一年,满地都是紫茉莉花了。它的花期也很长,从春天开始一直开到秋天,因此一株紫茉莉一年可以开多少花,是任何人都数不清的。

最可惜的是,它一天只在黄昏时候盛开;这也是它最令人喜爱的地方。曾有植物学家称它是"农业社会的计时器",当它开放之际,乡下的孩子都知道,夕阳将要下山,天边将会飞来满空的红霞。

幼年的时候,我时常和兄弟们在屋后的荒地上玩耍,当我们看到紫茉莉一开,就知道回家吃晚饭的时间到了。母亲让我们到外面玩耍,也时常叮咛:"看到煮饭花盛开,就要回家了。"我们遵守着母亲的话,每天看紫茉莉开花才踩着夕阳下的小路回家,巧的是,我们回到家,天就黑了。

从小,我就有点痴,弄不懂紫茉莉为什么一定要选在黄昏开,有许多次坐着看满地含苞待放的紫茉莉,看它如何慢慢地撑开花瓣,出来看夕阳的景色。问过母亲,她说:"煮饭花是一个贪玩的孩子,玩过黑夜迷了路变成的,它要告诉你们这些野孩子,不要玩到天黑才回家。"

母亲的话很美,但是我不信,我总认为紫茉莉一定和人一样是喜欢好景的,在人世间又有什么比黄昏的景色更好呢?因此它选择了黄昏。

紫茉莉是我童年里重要的一种花卉,因此我在花盆里种了一棵,它长得很好,可惜在都市里,它恐怕因为看不见田野上黄昏的好景,几乎整日都开着。在我盆里的紫茉莉可能经过市声的无情洗礼,已经忘记了它祖先对黄昏彩

第一章　有情生

霞最好的选择了。

我每天看到自己种植的紫茉莉，都怅惘地想着，不仅是都市的人们容易遗失自己的心，连植物的心也在不知不觉中迷失了。

横过十字街口

黄昏走到了尾端,光明正以一种难以想象的速度自大地撤离,我坐在车里等红绿灯,希望能在黑夜来临前赶回家。

在匆忙通过斑马线的人群里,我们通常不会去注意行人的姿势,更不用说能看见行人的脸了,我们只是想着,如何在绿灯亮起时,从人群前面呼啸过去。

就在行人的绿灯闪动,黄灯即将亮起的一刻,从斑马线的一端出现了一个特别的人影,打破了整个匆忙的画面。那是一位中年的、极为苍白细瘦的妇人,她得了什么病我并不知道,但那种病偶尔我们会在街角的某一处见到,就是全身关节全部扭曲、脸部五官通通变形,不管走

第一章　有情生

路或停止的时候全身都在甩动的那一种病。

那个妇人的不同是，她病得更重，她全身扭成很多褶，就好像我们把一张硬纸揉皱丢在垃圾桶，捡起来再拉平的那个样子。她抖得非常厉害，如同冬天在冰冷的水塘捞起来的猫，抽动着全身。

当她走起来的时候，我的眼泪不能自禁地顺着眼角流了下来。

我不知道自己为何落泪，但我宁可在眼前的这个妇人不要走路，她每走一步就往不同的方向倾倒过去，很像要一头栽到地上，而又勉力地抖动绞扭着站起，再往另一边倾倒过去。她全身的每一根骨头、每一条筋肉都不能平安地留在应该在的地方，而她的每一举步之艰难，就仿佛她的全身都要碎裂在人行道上。她走的每一步，都使我的心全部碎裂又重新组合，我从来没有在一个陌生人的身上经验过那种沉重得无可比拟的心酸。

那妇人，她的手上还努力地抓住一条绳子，绳子的另一端系在一条老狗的颈上。狗比她还瘦，每一根肋骨都从松扁的肚皮上凸了出来，而狗的右后脚折断了，吊在腿上，狗走的时候，那条断脚悬在虚空中摇晃。但狗非常安静有耐心地跟着主人，缓缓移动。这是多么令人惊吓的景象,仿佛全世界的酸楚与苦痛,都在一刹那间凝聚在病妇与跛狗的身上。

她们一步步踩着我的心走过,我闭起眼睛,也不能阻止从身上每一处血脉所涌出的泪。

这条路上的绿灯亮了,但没有一个驾驶人启动车子,甚至没有人按喇叭,这是极少有的景况,在沉寂里,我听见了虚空无数的叹息与悲悯,我相信面对这幅景象,世上没有一个人忍心按下喇叭。

妇人和狗的路上的红灯亮了,使她显得更加惊慌。她更着急地想横越马路,但她的着急只能从她的艰难和急切的抖动中看出来,因为不管她多么努力,她的速度也没有提高。从她的脸上也看不出什么,因为她的五官没有一个在正确的位置上,她一着急,口水竟从嘴角涎落了下来。

我们足足等了一个新的红绿灯,直到她跨上对街的红砖道,才有人踩下油门,继续奔赴目的地去,一时之间,众车怒吼,呼啸通过。这巨大的响声,使我想起刚刚那一刻,在和平西路的这一个路口,世界是全然静寂无声的,人心的喧闹在当时当地,被苦难的景象压迫到一个无法动弹的角落。

第一章　有情生

我刚过那个路口不久,天色就整个黯淡下来,阳光已飘忽到不可知的所在,回到家,我脸上的泪痕还未完全干去。坐在饭桌前面,我一口饭也吃不下,心里全是一个人牵着一条狗从路口,一步一步,倾斜颠踬地走过。

这个世界的苦难,总是不时地从我们四周跑出来,我们意识到苦难,却反而感知了自己的渺小,感知了自己的无力。我们心心念念想着,要拯救这个世界的心灵,要使人心和平清净,希望众生都能从苦痛的深渊超拔出来,走向光明与幸福。然而,面对着这样瘦小变形的妇人与她的老弱跛足的狗时,我们能做什么呢?世界能为她做什么呢?

我感觉,在无边的黑暗里,我们只是寻索着一点点光明,如果我们不紧紧踩着光明前进,马上就会被黑暗淹没。我想起《楞严经》里的一段,佛陀问他的弟子阿难:"眼盲的人和明眼的人处在黑暗里,有什么不同呢?"

阿难说:"没有什么不同。"

佛陀说:"不同,眼盲的人在黑暗里什么也看不见,但明眼的人在黑暗里看见了黑暗,他看见光明或黑暗都是看见,他的能见之性并没有减损。"

我看见了,但我什么也不能做,我帮不上一点黑暗的忙，这是使我落泪的原因。

夜里，我一点也不能进入定境，好像自己正扭动颤抖地横过十字街口，心潮澎湃难以静止，我没有再落泪，泪在全身的血脉中奔流。

思想的天鹅

有时候我在想,人的思想究竟是像什么呢?有没有一种具象的事物可以来形容我们的思想?

偶尔,我觉得思想像彩色的蝴蝶,在盛开的花园中采蜜,但取其味,不损色香,而这蝴蝶不能在我们预设的花园中飞翔。它随风翻转,停在一些我们不能考察的花丛中,甚至让我觉得,那蝴蝶停下来时有如一株花。

偶尔,我觉得思想犹如海洋,广大与深度都不可探测,在它涌动的时候,或者平缓如波浪,或者飞溅如海啸,或者反映蓝天与星光。只是,思想在某些时候会有莫名的力量,那像是渔汛、暖流或黑潮从不知的北方来到,那可能就是被称为是"灵感"的东西。

第一章 有情生

偶尔，我觉得思想像是《诗经》中说的"鸢飞戾天，鱼跃于渊"的鸢或是鱼，上及飞鸟下至渊鱼，无不充满了生命力，无不欢忻悦豫，德教明察。鸢鸟的眼睛是最锐利的，可以在一千米以上的高空，看见茂盛草原中奔跑的一只小鼠；鱼的眼睛则永远不闭，那是由于海中充满凶险，要随时改变位置。

不过，蝴蝶的翅力太弱，生命也太短暂；而海洋则过于博大，不能主宰。鸢呢？鸢太过强猛，欠缺温柔的性质；鱼则过于惊慌，因本能而生活。

思想如果愿意给一个形象，我愿自己的思想像天鹅一样。天鹅的古名叫鹄，是吉祥的鸟，是"燕雀安知鸿鹄之志"中的那种两翼张开有六尺长的大鸟。它生长于酷寒的北方，能顺着一定的轨迹，越过高山大河到达南方的温暖之地。它既善于飞翔，非白即黑；它能安于环境，不致过分执着……天鹅有许多好的品性，它的耐力、毅力与气质，都是令人倾倒的。芭蕾舞剧《天鹅湖》中，对情感至死不渝的天鹅，不知道使多少人为之动容。

我愿意自己的思想浩大如天鹅越过长空，在动荡迁徙的道路上，不失去温和与优雅的气质。更要紧的是，天鹅是易于驯养的，使我不至于被思想牵动，而能主引自己的思想，让它在水草丰美的湖滨自在优游。

据说，驯养天鹅有两个方法，一个是把天鹅的一边翅膀修剪，使它失去平衡不能起飞，它就会安住于湖边。另一个方法是，把天鹅养在一个较小的池塘里，由于天鹅要想起飞，必须先在水中滑翔一段路途，才能凌空而去，若池塘太小，它滑翔的路程太短，就不能起飞了。从前，欧洲的动物园用前一个方法驯养天鹅，后来觉得残忍，并且展翅的时候丑陋，现在都用后面的方法。

驯养思想的天鹅似乎不必如此，而是确立一个水草丰美的湖泊作为天鹅的家乡，让它既保有平衡的双翼（智慧与悲悯），也让它有广大的湖泊（清明的自性），然后就放心地让它展翅翱翔吧！只要我们知道天鹅是季候之鸟，不管它是飞到万里之外，它在心灵中永远不会忘记自己的家乡。经过数万里时空，在千百劫里流浪，有一天，它就会飞回它的家乡。

传说从前科举时代有一段时间，凡是到京城应试的士子都要穿"鹄袍"，译成白话就是要穿"天鹅服"，执事的人只要看见穿白袍的人就会肃然起敬，因为那些穿着白衣的年轻孩子，将来会有许多位至公卿，是不可轻视的。佛教把居士称为"白衣"，称为"素"，也是这个意思。

第一章 有情生

　　思想的天鹅也像是身穿白袍的士子,纯洁、青春、充满了对将来的热望,在起飞的那一刻不能轻视,因为它会万里翱翔,主宰人的一生。

　　在我的清明之湖泊,有一只时常起飞的天鹅,我看它凌空而去,用敏锐的眼睛看着世界,心里充满对生命探索的无限热忱。我让那只天鹅起飞,心里一点也不操心,因为我知道天鹅有一个家乡,它的远途旅行只是偶然的栖息,它总会飞回来,并以一种优雅温柔的姿势,在湖中降落。

太阳雨

对太阳雨的第一印象是这样子的。

幼年随母亲到芋田里采芋梗,要回家做晚餐,母亲用半月形的小刀把芋梗采下,我蹲在一旁看着,想起芋梗油焖豆瓣酱的美味。

突然,被一阵巨大震耳的雷声所惊动,那雷声来自远方的山上。

我站起来,望向雷声的来处,发现天空那头的乌云好似听到了召集令,同时向山头的顶端飞驰奔跑去集合,密密层层地叠成一堆。雷声继续响着,仿佛战鼓频催,一阵急过一阵,忽然,将军喊了一声:"冲呀!"

乌云里哗哗洒下一阵大雨,雨势极大,大到数公里之

第一章　有情生

外就听见噼啪之声，撒豆成兵一样。我站在田里被这阵雨的气势慑住了，看着远处的雨幕发呆，因为如此巨大的雷声、如此迅速集结的乌云、如此不可思议的澎湃之雨，是我第一次看见。

说是"雨幕"一点儿也不错，那阵雨就像电影散场时拉起来的厚重黑幕，整齐地拉成一列，雨水则踏着军人的正步，齐声踩过田原，还呼喊着雄壮威武的口令。

平常我听到大雷声都要哭的，那一天却没有哭，就像第一次被鹅咬到屁股，意外多过惊慌。最奇异的是，雨虽是那样大，离我和母亲的位置不远，而我们站的地方阳光依然普照，母亲也没有要跑的意思。

"妈妈，雨快到了，下很大呢！"

"是西北雨，没要紧，不一定会下到这里。"

母亲的话说完才一瞬间，西北雨就到了，有如机枪掠空，哗啦一声从我们头顶掠过。就在扫过的那一刹那，我的全身已经湿透，那雨滴的巨大也超乎我的想象，绽开来几乎有一个手掌，打在身上，微微发疼。

西北雨淹住我们，继续向前冲去。奇异的是，我们站的地方仍然阳光普照，使落下的雨丝恍如金线，一条一条编织成金黄色的大地，溅起来的水滴像是碎金屑，真是美极了。

母亲还是没有要躲雨的意思,事实上空旷的田野也无处可躲,她继续把未采收过的芋梗采收完毕。记得她曾告诉我,如果不把粗的芋梗割下,包覆其中的嫩叶就会壮大得慢,地里的芋头也长不坚实。

把芋梗用草捆扎起来的时候,母亲对我说:"这是西北雨,如果边出太阳边下雨,叫作日头雨,也叫作三八雨。"接着,她解释说,"我刚刚以为这阵雨不会下到芋田,没想到看错了,因为日头雨虽然大,却下不广,也下不久。"

我们在田里对话就像家中一般平常,几乎忘记是站在庞大的雨阵中,母亲大概是看到我愣头愣脑的样子,笑了,说:"打在头上会痛吧!"然后顺手割下一片最大的芋叶,让我撑着,芋叶遮不住西北雨,却可以暂时挡住雨的疼痛。

我们工作快完的时候,西北雨就停了,我随着母亲沿田埂走回家,看到充沛的水在圳沟里奔流,整个旗尾溪都快涨满了,可见这雨虽短暂,却是多么巨大。

太阳依然照着,好像无视于刚刚的一场雨。我感觉自己身上的雨水向上快速地蒸发,田地上也像冒着腾腾的白气；觉得空气里有一股甜甜的热，土地上则充满着生机。

"这西北雨是很肥的，对我们的土地是最好的东西。我们种田人，偶尔淋几次西北雨，以后风呀雨呀，就不会轻踩，让我们感冒。"田埂只容一人通过，母亲回头对我说。

这时，我们走到蕉园附近，高大的父亲从蕉园穿出来，全身也湿透了："咻！这阵雨有够大！"然后他把我抱起来，摸摸我的光头，说："被雷公惊到否？"我摇摇头，父亲高兴地笑了，"哈……金刚头，不惊风，不惊雨，不惊日头。"

接着，他把斗笠戴在我头上，我们慢慢地走回家去。

回到家，我身上的衣服都干了，在家院前，我仰头看着刚刚下过太阳雨的田野远处，看到一条圆弧形的彩虹，晶亮地横过天际，天空中干净清朗，没有一丝杂质。

每年到了夏天，在台湾南部都有西北雨，午后刚睡好午觉，雷声就会准时响起，有时下在东边，有时下在西边，像是雨和土地的约会。在台北，夏天的时候如果空气污浊，我就会想："如果来一场西北雨就好了！"

西北雨虽然狂烈，却是土地生机的来源，也让我们在雄浑的雨景中，感到人是多么渺小。

我觉得这世界之所以会人欲横流、贪婪无尽，是由于人不能自见渺小，因此对天地与自然的律则缺少敬畏的缘故。大风大雨在某些时刻给我们一种无尽的启发，记得我小时候遇过几次大台风，从家里的木格窗看见父亲种的香蕉成排成排地倒下去，心里忧伤，却也同时感受到无比的大力，对自然有一种敬畏之情。

台风过后，我们小孩子会相约到旗尾溪"看大水"，看大水淹没了溪洲，淹到堤防的腰际，上游的牛羊猪鸡，甚至农舍的屋顶，都在溪中浮沉漂流而去。有时还会看见两人合围的大树，整棵连根流向大海，我们就会默然肃立，不能言语。呀！从山水与生命的远景看来，人是渺小一如蝼蚁的。

我时常忆起那骤下骤停、瞬间阳光普照或一边下大雨、一边出太阳的"太阳雨"。所谓的"三八雨"就是一块田里，一边下着雨，另外一边却不下雨，我有几次站在那雨线中间，让身体的右边接受雨的打击、左边接受阳光的照耀。

"三八雨"是人生的一个谜题，使我难以明白，问了母亲，她三言两语就解开这个谜题，她说：

"任何事物都有界限，山再高，总有一个顶点；河流

第一章　有情生

再长，总能找到它的起源；人再长寿，也不可能永远活着；雨也是这样，不可能遍天下都下着雨，也不可能永远下着……"

过程里固然变化万千，结局也总是不可预测，我们可能同时接受着雨的打击和阳光的温暖，我们也可能同时接受阳光无情的曝晒与雨水有情的润泽，山水介于有情与无情之间，能适性地、勇敢地举起脚步，我们就不会因自然的轻踩而感冒。

在苏东坡的词里有一首《水调歌头》，我很喜欢，他说：

> 落日绣帘卷，亭下水连空。知君为我新作，窗户湿青红。长记平山堂上，欹枕江南烟雨，渺渺①没孤鸿。认得醉翁语：山色有无中。
>
> 一千顷，都镜净，倒碧峰。忽然浪起，掀舞一叶白头翁。堪笑兰台公子，未解庄生天籁，刚道有雌雄。一点浩然气，千里快哉风。

在人生广大的倒影里，原没有雌雄之别，千顷山河如

---

① 渺渺：另有版本作"杳杳"。——编者注

镜,山色在有无之间,使我想起南方故乡的太阳雨,最爱的是末后两句:"一点浩然气,千里快哉风!"心里存有浩然之气的人,千里的风都不亦快哉,为他飞舞、为他鼓掌!

　　这样想来,生命的大风大雨,不都是我们的掌声吗?

水晶石与白莲花

在花莲盐寮海边,有一种石头是白色的,温润含光,即使在最深沉的黑暗中,它仍给人一种纯净的光明的感觉。把灯打开,它的美就怦然一响,抚慰人的眼目。把它泡在水里,透明纯粹一如琉璃,不像是人间之石。

听孟东篱谈到这样的石头,我们就在夜晚去到了盐寮海边,在去的路上他说:"这种石头被日本人搜购了很多,现在可能找不到了。"等我们到了盐寮,他一一敲开邻居的大门,虽然才夜里九点,海滨乡间的居民都已经就寝了。听我们说明来意,孟东篱的第一个邻居把家里珍藏的水晶石用双手捧着出来说:"只有这些了。"

数一数,他的手里只有八颗石头。

幸好找到第二个邻居，她用布袋提出一袋来，放在磅秤上说："十公斤，就这么多了。"

然后她把水晶石倒在铺了花布的地板上，哗啦一声，一地的琉璃，我们的惊叹比石头滚地的声音还要哗然。

我一向非常喜欢石头，捡过的石头少说也有数千颗，不过，这水晶石使我有一种低回喟叹的感受，在雄山大水的花莲竟然孕育出这许多透明浑圆、没有缺憾的石子，真是令人感动呀！

妇人说，从前的海边到处都是这种石头，一天可以捡好几公斤，现在在海边走了一天，只能拾到一两粒。它变得如此稀有，是不可思议的。

疑似水晶的石头原不产在海里，它是花莲深山的蕴藏，在某一个世代，山地崩裂，石块滚落海岸，海浪不断地磨洗、侵蚀、冲刷，使其成为圆而晶明的面目。

疑似水晶的石头比水晶更美，因为它有天然的朴素的风格。它没有凿痕，是钟灵毓秀的孕生，又受过海浪永不休止的试炼。

疑似水晶的石头使人想起白莲花。白莲花是穿过了污泥染着的试探，把至美至香至纯净的花朵高高标起到水面；水晶石是滚过了高高的山顶、深深的海底，把至圆至白至坚固的质地轻轻地滑到了海滨。

天地间可惊赞的事物不少，水晶石与白莲花都是；人世里可仰望的人也不少，居住在花莲的证严法师就是。

第一次见到证严法师，就有一种沉静透明如琉璃的感觉，这个世界上有些人不必言语就能给人一种力量，那种力量虽然难以形容，却不难感受。证严法师的力量来自于她的慈悲，还有她的澄澈。佛经里说慈悲是一种"力"，清净也是一种"力"，证严法师是语默动静都展现着这种非凡的力量。

她的身形极瘦弱，听说身体向来不好；她说话很慢很慢、声音清细，听说她每天应机说法，不得睡眠，嘴里竟生了痤疮；她走路很从容、轻巧，一点声音也无，但给人感觉每一步都有沉重的背负与承担；她吃饭吃得很少，可是碗里盘里不会留下一点渣。她的生活就那样一丝不苟。

有人问她："师父天天济贫扶病，每天看到人间这么多悲惨事相，心里除了悲悯，情绪会不会被牵动，觉不觉得苦？"

她说："这就像爬山的人一样，山路险峻、流血流汗，但他们一点也不觉得辛苦，对不想爬山的人，拉他去爬山，走两步就叫苦连天了。看别人受苦，恨不能自己来代他们受,受苦的人能得到援助,是最令我欣慰的事。"

我想,这就是她的精神所在了,慈济功德会的志业现在已经全台湾都知道了,它也是近代最有象征性的佛教事业,大家也耳熟能详,不必赘述。我来记记两次访问证严师父,我随手记下的语录吧:

"这世间有很多无可奈何的事、无可奈何的时候,所以不要太理直气壮,要理直气和,做大事的人有时不免要求人,但更要自己的尊严。"

"未来的是妄想,过去的是杂念,要保护此时此刻的爱心,谨守自己的本分,不要小看自己,因为人有无限的可能。"

"这世界总有比我们悲惨的人,能为别人服务比被服务的人有福。"

"现代世界,名医很多,良医难求,我们希望来创造良医,用宗教精神启发良知,以医疗技术来开发良能,这就能创造良医。"

"我一开始创建慈济的时候是救穷,心想一定要很快消灭贫穷,想不到愈救愈多。后来发现许多穷是因病而起的,要救穷,就要先救病,然后才盖了医院。所以,要去实践,才知道众生需要的是什么。"

第一章　有情生

"不要把阴影覆在心上，要散发光和热，生命才有意义。"

"慈悲与愿力是理论，慈济的工作就是实质的表达，我们希望把无形的慈悲化为坚固的永远的工作。"

"一个人在绝境时还能有感恩的心是很难得的，一个永葆感恩心付出的人，就比较不会陷入绝境。"

"我得过几次大病，濒临死亡，我早就觉悟到人的生命不会久长，但每次总是想，如果我突然离开这世界，那么多孤苦无依的人怎么办？"

……

这都是随手记下来的师父说的话，很像海浪中涌上来的水晶石，粒粒晶莹剔透，令人感动。

师父的实践精神不只表达在慈济功德会这样大的机构，也落实在生活的每一个细节，她们自己种菜、自己制造蜡烛、自己磨豆粉，"静思精舍"一直到现在都还保有这种实践的精神。甚至连这幢美丽素朴的建筑也是师父自己设计的，屋上的水泥瓦都是来自她的慧心。

师父告诉我从前在小屋中修行，夜里对着烛光读经，曾从一支烛得到了开悟。她悟到了：一支蜡烛如果没有心就不能燃烧，即使有心，也要点燃才有意义；点燃了的蜡烛会有泪，但总比没有燃烧好。

她悟到了：一滴烛泪一旦落下来，立刻就被一层结出的薄膜止住，因为天地间自有一种抚慰的力量，这种力量叫"肤"。为了证验这种力量，她在左臂上燃香供佛，当皮被烧破的那一刹那，立即有一阵清凉覆盖在伤口上，那是"肤"。台湾话里，孩子受伤，妈妈会说："来！妈妈肤肤！"这种力量是充盈在天地之间的。

她悟到了：生死之痛，其实就像一滴烛泪落下，就像受伤了，突然被"肤"。

她悟到了：这世界无时无刻不在对我们说法，这种说法常是无声的，有时却比声音更深刻。

师父由一支蜡烛悟到的"烛光三昧"，想必对她后来的行事有影响。她说很喜欢烛光的感觉，于是她自己设计了蜡烛，自己制造，并用蜡烛和人结缘。从花莲回来的时候，师父送我五根"静思精舍"做的蜡烛。

回台北后，我把蜡烛拿来供佛，发现这以沉香为心的蜡烛可以烧十小时之久，并且烧完了不流一滴泪、了无痕迹。原来蜡烛包覆着一层极薄的透明的膜，那就是师父告诉我的"肤"吧！我站在烧完的烛台前敛容肃立，有一种无比崇仰的感觉，就像一朵白莲花从心里一瓣一瓣地伸展开来。

证严师父的慈济志业，数百万投身于慈济的现代菩萨，他们像蜡烛一样燃烧，散发光热，但不滴落一滴忧伤的泪，他们有的是欢欣的菩萨行。

他们在这空气污染、混乱浊劣的世间，像一阵广大清凉的和风，希望凡是受伤的跌倒的挫败的众生，都能立刻得到"肤肤"，然后长出新的皮肉。

他们以大悲心为油、以大愿为炷、以大智为光，要烧尽生命的黑暗，使两千万人都成为菩萨，使我们住的地方成为净土。

慈悲真是一种最大的力呀！

路上捡到一粒贝壳

午后,在仁爱路上散步。

突然看见一户人家院子种了一棵高大的面包树,那巨大的叶子有如扇子,一扇扇地垂着,迎着冷风依然翠绿一如在它热带祖先的雨林中。

我站在围墙外面,对这棵面包树十分感兴趣,那家人的宅院已然老旧,不过,在这一带有着一个平房,必然是亿万的富豪了。令我好奇的是这家人似乎非常热爱园艺,院子里有着许多高大的树木,园子门则是两株九重葛,往两旁生长而在门顶握手,使那扇厚重的绿门仿佛带着红与紫两色的帽子。

绿色的门在这一带是十分醒目的。我顾不了礼貌,往

第一章 有情生

门隙中望去,发现除了树木,主人还经营了花圃,各色的花正在盛开,带着颜色在里面吵闹。等我回过神来,退了几步,发现寒风还鼓吹着双颊,才想起,刚刚往门内那一探,误以为真是春天了。

脚下有一些裂帛声,原来是踩在一张面包树的扇面上了,叶子大如脸盆,却已裂成四片。我遂兴起了收藏一张面包树叶的想法,找到比较完整的一片拾起。意外,可以说非常意外地发现了,树叶下面有一粒粉红色的贝壳。把树叶与贝壳拾起,就离开了那个家门口。

但是,我已经不能专心地散步了。

冬天的散步,于我原有运动身心的功能,本来在身心上都应该做到无念和无求才好,可惜往往不能如愿。选择固定的路线散步,当然比较易于无念,只是每天遇到的行人不同,不免使我常思索起他们的职业或背景来。幸而城市中都是擦身而过的人,念起念息有如缘起缘灭,走过也就不会挂心了。一旦改变了散步的路线,初开始就会忙碌得不得了,因为新鲜的景物很多,念头也蓬勃,仿佛汽水开瓶一样,气泡兴兴灭灭地冒出来。念头太忙,回家后会使我头痛,好像有某种负担。还有一种情况,是很久没有走的路,又去走一次,发现完全不同了,这不同有几个原因：一个是自己的心境改变了，一个是景观改变了，还有一个重要原因，是季节更迭了。使我知道，这个世界是无常的因缘所集合而成，一切可见、可闻、可触、可尝的事物竟没有永久（或只是较长时间）的实体，一座楼房的拆除与重建只是比浮云飘过的时间长一点，终究也是幻化。

我今天的散步，就是第二种，是旧路新走。

这使我在尚未捡面包树叶与贝壳之前，就发现了不少异状。例如我记得去年的这个时间，安全岛的菩提树叶已经开始换装，嫩红色的小叶芽正在抽长，新鲜、清明、美而动人。今年的春天似乎迟了一些，菩提树的叶子，感觉竟是一叶未落，老得有一点儿乌黑，使菩提树看起来承受了许多岁月的压力，发现菩提树一直等待春天，使我也有些着急起来。

木棉花也是一样，应该开始落叶了，却尚未落。我知道，雨降、风吹、叶落、花开、雷鸣、惊蛰都是依时序的缘而升起，而今年的春天之缘，为什么比往年来得晚呢？

还看到几处正在赶工的大楼，长得比树快多了，不久前开挖的地基，已经盖到十楼了。从前我们形容春雨来时农田的笋子是"雨后春笋"，都市的楼房生长也是雨后春笋一样。这些大楼的兴建，使这一带的面目完全改观，新开在附近的商店和一家超级啤酒屋，使宁静与绿意倍受压力。

记忆最深刻的是路过一家新开幕的古董店，明亮的橱窗在最醒目的地方摆了一个巨大的白水晶原矿石，店家把水晶雕成一只台湾山猪正被七只狼（或者狗）攻击的样子，为了突出山猪的痛苦，山猪的蹄子与头部是镶了白银的，咧嘴哀嚎，状极惊慌。标价自然十分昂贵，我这辈子一定不能储蓄到与那标价相等的金钱。把这么美丽而昂贵的巨大水晶（约有桌面那么大），却做了如此血腥而鄙俗的处理，竟使我生出了一丝丝恨意和巨大怜悯。恨意是由雕刻中的残忍意识而生，怜悯是对于可能把这座水晶买回的富有的人。其实，我们所拥有和喜爱的事物无不是我们心的呈现而已。

如果我有一块如此巨大的水晶，我愿把它雕成一座春天的花园，让它有透明的香气；或者雕成一尊最美丽的观世音菩萨，带着慈悲的微笑，散放清明的光芒；或者雕几个水晶球，让人观想自性的光明；或者什么都不雕，只维持矿石的本来面目。

想了半天才叫了起来，忘记自己一辈子不可能拥有这样的水晶，但这时我知道不能拥有比可以拥有或已经拥有使我更快乐。有许多事物,"没有"其实比"持有"更令人快乐,因为许多的有,是烦恼的根本,而且不断地追求有,会使我们永远徘徊在迷惑与堕落的道路。幸而我不是太富有,还能知道在人世中觉悟,不致被福报与放纵所蒙蔽;幸而我也不是太忙碌或太贫苦,还能在午后散步,兴趣盎然地看着世界。从污秽的心中呈现出污秽的世界,从清净的心中呈现出清净的世界,人的境况或有不同,若能保有清净的观照,不论贫富,都不能转动他。

看看一个人的念头多么可怕,简直争执得要命,光是看到一块残忍的水晶雕刻,就使我跳跃一大堆念头,甚至走了数百米,完全忽视眼前的一切。直到心里一个声音对我说了一句话,才使我从一大堆纷扰的念头醒来:"那只是一块水晶,山猪或狼只是心的觉受,就好像情人眼中的兰花是高洁的爱情,养兰者的眼中兰花总有个价钱,而武侠小说里,兰花常常成为杀手冷酷的标志。其实,兰花,只是兰花。"

从念头惊醒,第一眼就看到面包树,接下来的情景如同上述。拿着树叶与贝壳的我也茫然了。

尤其是那一粒贝壳。

这粒粉红色的贝壳虽然新而完好,但不是百货公司出

第一章 有情生

售的那种经过清洗磨光的贝壳,由于我曾在海边住过,可以肯定,贝壳从海岸上捡来不久,还带着海水的气息。奇特的是,海边来的贝壳如何掉落到仁爱路的红砖道上呢?或者是无心的遗落,例如跑步时从口袋掉出来?或者是有心的遗落,例如是情人馈赠而爱情已散?或者是……有太多的或者是,没有一个是肯定的答案。唯一肯定的是,贝壳,终究已离开了它的海边。

人生活在某时某地,真如贝壳偶然落在红砖道上,我们不知道从哪里、为何、干什么地来到这个世界,然后不能明确说出原因就迁徙到这个都市,或者说是飘零到这陌生之地。

"我为什么来到这世界?"这句话使我在无数的春天中辗转难眠,答案是渺不可知的,只能说是因缘的和合,而因缘深不可测。

贝壳自海岸来,也是如此。

一粒贝壳,也使我想起在海岸居住的一整个春天,那时我还多么年少,有浓密的黑发,怀抱着爱情的秘密,天天坐在海边沉思。到现在,我的头发和爱情都有如退潮的海岸,露出它平滑而不会波动的面目。少年的我在哪里呢?那个春天我没有拾回一粒贝壳、没有摄过一张照片,如今竟已完全遗失了一样。偶尔再去那个海岸，一样是春天，却感觉自己只是海面上的一个浮沤，一破，就散失了。

世间的变迁与无常是不变的真理，随着因缘的改变而变迁，不会单独存在、不会永远存在，我们的生活有很多时候只是无明的心所映现的影子。因此，我们可以这样说，少年的我是我，因为我是从那里孕育；而少年的我也不是我，因为他已在时空中消失。正如贝壳与海的关系，我们从一粒贝壳可以想到一片海，甚至与海有关的记忆，这粒贝壳竟然是在红砖道上拾到，与海相隔那么遥远！

想到这些，差不多已走到仁爱路的尽头了，我感觉到自己有时像个狂人，时常和自己对话不停，分不清是在说些什么。我忆起父亲生前有一次和我走在台北街头突然说："台北人好像仔，一天到暗在街仔赖赖趖。"翻成普通话是："台北人好像神经病，一天到晚在街头乱走。"我有时觉得自己是仔之一，幸而我只是念头忙碌，并没有像逛街者听见换季打折一般，因欲望而狂乱奔走；而且我走路也维持了乡下人稳重谦卑的姿势，不像台北那些冲锋陷阵或龙行虎步的人，显得轻躁带着狂性。

我尤其不喜欢台北的冬天，不断的阴雨，包裹着厚衣的人在拥挤的街道，有如撞球台的圆球撞来撞去。春天来就会好些，会多一些颜色，多一点生机，还有一些悠闲的暖气。

回到家把树叶插在花瓶里，贝壳放在案前，突然看到桌上的皇历，今天竟是立春了：

"立春：斗指东北为立春，时春气始至，四时之卒始，故名立春也。"

我知道，接下来会有雨水、惊蛰、春分、清明、谷雨，台北的菩提树叶会换新，而木棉与杜鹃会如去年盛开。

第二章 兵卒无河

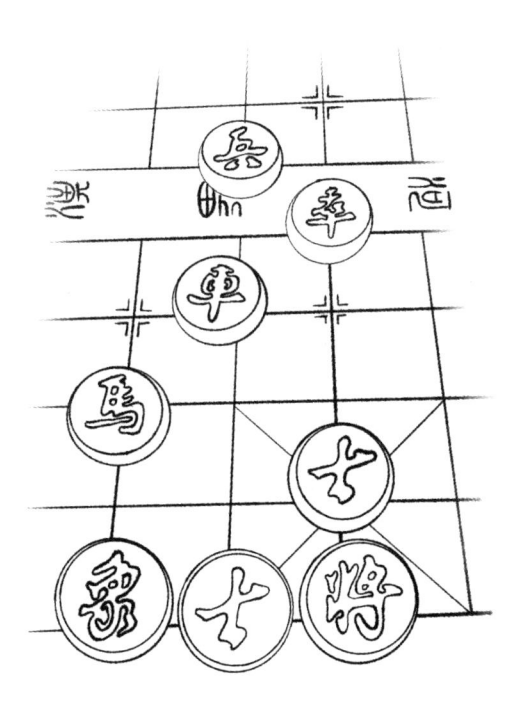

鸳鸯香炉

一对瓷器做成的鸳鸯，一只朝东，一只向西，小巧灵动，仿佛刚刚在天涯的一角交会，各自轻轻拍着羽翼，错着身，从水面无声划过。

这一对鸳鸯关在南京东路一家宝石店中金光闪烁的橱窗一角，它鲜艳的色彩比珊瑚宝石翡翠还要灿亮，但是由于它的游姿那样平和安静，竟仿若它和人间全然无涉，一直要往远方无止境地游去。

再往内望去，宝石店里供着一个小小的神案，上书"天地君亲师"五个大字，晨香还未烧尽，烟香缭绕。我站在橱窗前不禁痴了，好像鸳鸯带领我，顺着烟香的纹路游到我童年的梦境里去。

记得我还未识字以前,祖厅神案上就摆了一对鸳鸯,是瓷器做成的檀香炉,终年氤氲着一缕香烟,在厅堂里绕来绕去,檀香的气味仿佛可以勾起人沉深平和的心胸世界,即使是一个小小孩儿也被吸引得意兴飘飞。我常和兄弟们在厅堂中嬉戏,每当我跑过香炉前,闻到檀香之气,总会不自觉地出了神,呆呆看那一缕轻淡但不绝的香烟。

尤其是冬天,一缕直直飘上的烟,不仅是香,甚至也是温暖的象征。有时候一家人不说什么,夜里围坐在香炉前面,情感好像交融在炉中,并且烧出一股淡淡的香气了。它比神案上插香的炉子让我更深切感受到一种无名的温暖。

最喜欢夏日夜晚,我们围坐听老祖父说故事,祖父总是先慢条斯理地燃了那个鸳鸯香炉,然后坐在他的藤摇椅中,说起那些还流动血泪馨香的感人故事。我们依在祖父膝前张开好奇的眼睛,倾听祖先依旧动人的足音响动。一到星空夜静,香炉的烟就直直升到屋梁,绕着屋梁飘到庭前来,一丝一丝,萤火虫都被吸引来,香烟就像点着萤火虫尾部的光亮,一盏盏微弱的灯火四散飞升,点亮了满天的向往。

有时候秋色萧瑟,空气中有一种透明的凉,秋叶正红，鸳鸯香炉的烟柔软得似蛇一样升起，烟用小小的手推开寒凉的秋夜，推出一扇温暖的天空。从潇湘的后院看去，几乎能看见那一对鸳鸯依偎着的身影。

那一对鸳鸯香炉的造型十分奇妙，雌雄的腹部连在一起，雄的稍前，雌的在后。雌鸳鸯是铁灰一样的褐色，翅膀是绀青色，腹部是白底有褐色的浓斑，像褐色的碎花开在严冬的冰雪之上，它圆形的小头颅微缩着，斜依在雄鸳鸯的肩膀上。

雄鸳鸯和雌鸳鸯完全不同，它的头高高仰起，头上有冠，冠上是赤铜色的长毛，两边彩色斑斓的翅翼高高翘起，像一个两面夹着盾牌的武士。它的背部更是美丽，红的、绿的、黄的、白的、紫的全开在一处，仿佛春天里怒放的花园。它的红嘴是龙吐珠，黑眼是一朵黑色的玫瑰，腹部微芒的白点是满天星。

那一对相偎相依的鸳鸯，一起栖息在一片晶莹翠绿的大荷叶上。

鸳鸯香炉的腹部相通，背部各有一个小小的圆洞，当檀香的烟从它们背部冒出的时候，外表上看像是各自焚烧，事实上腹与腹间互相感应。我最常玩的一种游戏，就是在雄鸳鸯身上烧了檀香，然后把雄鸳鸯的背部盖起来，烟与香气就会从雌鸳鸯的背部升起；如果在雌鸳鸯的身上烧檀香，盖住背部，香烟则从雄鸳鸯的背上升起来；如果把两边都盖住，它们就像约好的一样，一瞬间，檀香就在腹中灭熄了。

倘若两边都不盖，只要点着一只，烟就会均匀地冒出，它们各生一缕烟，升到中途慢慢氤氲在一起，到屋顶时已经分不开了。交缠的烟在风中弯弯曲曲，如同合唱着一首有节奏的歌。

鸳鸯香炉是我童年最初的记忆，经过时间的洗涤愈久，形象愈是晶明，它几乎可以说是我对情感和艺术向往的最初。鸳鸯香炉不知道出于哪一位匠人之手，后来被祖父购得，它的颜色造型之美让我明白体会到中国民间艺术之美。虽是一个平凡的物件，却有一颗生动灵巧的匠人心灵在其中游动，使香炉经过百年都还是活的一般。民间艺术之美总是平凡中见真性，在平和的贞静里历百年还能给我们新的启示。

关于情感的向往，我曾问过祖父，为什么鸳鸯香炉要腹部相连？祖父说：

> 鸳鸯没有单只的，鸳鸯是中国人对夫妻的形

容。夫妻就像这对香炉，表面各自独立，腹中却有一点心意相通。这种相通，在点了火的时候最容易看出来。

我家的鸳鸯香炉每日都有几次火焚的经验，每经一次燃烧，那一对鸳鸯就好像靠得更紧。我想，如果香炉如烽火，火的悲壮也不足以使它们殉情，因为它们的精神和象征立于无限的视野，永远不会畏怯，在火炼中，也永不消逝。比翼鸟飞久了，总会往不同的方向飞，连理枝老了，也只好在枝丫上无聊地对答。鸳鸯香炉不同，因为有火，它们不老。

稍稍长大后，我识字了，识字以后就无法抑制自己的想象力飞奔，常常从一个字一个词句中飞腾出来，去找新的意义。"鸳鸯香炉"四字就使我想象力飞奔，觉得用"鸳鸯"比喻夫妻真是再恰当不过，"鸳"的上面是"怨"，"鸯"的上面是"央"。

"怨"是又恨又叹的意思，有许多抱怨的时刻，有很多无可奈何的时刻，甚至也有很多苦痛无处诉的时刻。"央"是求的意思，是《诗经》中说的"和铃央央"的和声，是有求有报的意思。有许多互相需要的时刻，有许多互相依赖的时刻，甚至也有很多互相怜惜求爱的时刻。

夫妻生活是一个有颜色、有生息、有动静的世界，在我的认知里，夫妻的世界几乎没有无怨无尤幸福无边的例子，因此，要在"怨"与"央"间找到平衡，才能是永世不移的鸳鸯。鸳鸯香炉的腹部相通是一道伤口，夫妻的伤口几乎只有一种药，这药就是温柔，"怨"也温柔，"央"也温柔。

所有的夫妻都曾经拥抱过、热爱过、深情过，为什么有许多到最后分飞东西，或者郁郁以终呢？爱的诺言开花了，虽然不一定结果，但是每年都开了更多的花，用来唤醒刚坠入爱河的新芽，鸳鸯香炉是一种未名的爱，不用声名，千万种爱都升自胸腹中柔柔的一缕烟。把鸳鸯从水面上提升到情感的诠释，就像鸳鸯香炉虽然沉重，它的烟却总是往上飞升，或许能给我们一些新的启示吧！

至于"香炉"，我感觉所有的夫妻最后都要迈入"共守一炉香"的境界，久了就不只是爱，而是亲情。任何婚姻的最后，热情总会消褪，就像宗教的热忱最后会平淡到只剩下虔敬。最后的象征是"一炉香"，在空阔平朗的生活中缓缓燃烧，那升起的烟，我们逼近时可以体贴地感觉，我们站远了，还有温暖。

第二章　兵卒无河

我曾在万华的小巷中看过一对看守寺庙的老夫妇，他们的工作很简单，就是在晨昏时上一炷香，以及打扫那一间被岁月剥蚀的小庙。我去的时候，他们总是无言，轻轻的动作，任阳光一寸一寸移到神案之前，等到他们工作完后，总是相携着手，慢慢左拐右弯地消失在小巷的尽头。

我曾在信义路附近的巷子口，看过一对捡拾破烂的中年夫妻，丈夫吃力地踩着一辆三轮板车，口中还叫着收破烂特有的语言。妻子经过每家门口，把人们弃置的空罐酒瓶、残旧书报一一丢到板车上。到巷口时，妻子跳到板车后座，熟练安稳地坐着，露出做完工作欣慰的微笑，丈夫也突然吹起口哨来了。

我曾在通化街的小面摊上，仔细地观察一对卖牛肉面的少年夫妻。丈夫总是自信地在腾腾的锅边下面条，妻子则一边招呼客人，一边清洁桌椅，一边还要蹲下腰来洗涤油污的碗碟。在卖面的空当，他们急急地共吃一碗面，妻子一径地把肉夹给丈夫，他们那样自若，那样无畏地生活着。

我也曾在南澳乡的山中，看到一对刚做完香菇烘焙工作的山地夫妻，依偎地共坐在一块大石上，谈着今年的耕耘与收成，谈着生活里最细微的事，一任顽皮的孩童丢石头把他们身后的鸟雀惊飞而浑然不觉。

我更曾在嘉义县内一个大户人家的后院里，看到一位鬓发俱白的老先生，爬到一棵莲雾树上摘莲雾，他年迈的妻子围着布兜站在莲雾树下接莲雾，他们的笑声那样年少，连围墙外都听得清明。他们不能证明什么，他们证明一炉燃烧了很久的香还会有它的温暖，那香炉的烟虽弱，却有力量，它顺着岁月之流可以飘进任何一扇敞开的门窗。每当我看到这样的景象，总是站得远远的，仔细听，香炉的烟声传来，其中好像有瀑布奔流的响声，越过高山，流过大河，在我的胸腹间奔湍。如果没有这些生活平凡的动作，恐怕也难以印证情爱可以长久吧！

童年的鸳鸯香炉，经过几次家族的搬迁，已经不知流落到什么地方，或者在另一个少年家里的神案上。再要找到一个同样的香炉恐怕永不可得，但是它的造型、色泽，以及在荷叶上栖息的姿势，却为时日久还是鲜锐无比。每当在情感挫折生活困顿之际，我总是循着时间的河流回到岁月深处去找那一盏鸳鸯香炉，它是情爱最美丽的一个鲜红落款，情爱画成一张重重叠叠交缠不清的水墨画，水墨最深的山中洒下一条清明的瀑布，瀑布流到无止境地方是香炉美丽明晰的章子。

第二章 兵卒无河

　　鸳鸯香炉好像暗夜中的一盏灯，使我童年对情感的认知乍见光明，在人世的幽晦中带来前进的力量，使我即使只在南京东路宝石店橱窗中看到一对普通的鸳鸯瓷器，都要怅然良久。就像坐在一个黑忽忽的房子里，第一盏点着的灯最明亮，最能感受明与暗的分野，后来即使有再多的灯，总不如第一盏那样，让我们长记不熄。坐在长廊尽处，纵使太阳和星月都冷了，群山草木都衰尽了，香炉的微光还在记忆的最初，在任何可见和不可知的角落，温暖地燃烧着。

箩　筐

午后三点，天的远方擂过来一阵轰隆隆的雷声。

有经验的农人都知道，这是一片欲雨的天空，再过一刻钟，西北雨就会以倾盆之势笼罩住这四面都是山的小镇。有经验的燕子也知道，它们纷纷从电线上剪着尾羽，飞进了筑在人家屋檐下的土巢。

但是站在空旷土地上的我们——我的父亲、哥哥、亲戚，以及许多流过血汗、炙过阳光、淋过风雨的乡人，听着远远的雷声呆立着，并没有人要进去躲西北雨的样子。我们的心比天空还沉闷，大家都沉默着，因为我们的心也是将雨的天空，而且这场心雨显见得比西北雨还要悲壮、还要连天而下。

第二章 兵卒无河

我们无言围立着的地方是溪底仔的一座香蕉场,两部庞大的"怪手"正在慌忙地运作着,张开它们的铁爪,一把把抓起我们辛勤种植出来的香蕉,扔到停在旁边的货车上。

这些平时扒着溪里的沙石来为我们建立一个更好家园的怪手,此时被农会雇来把我们种出来的香蕉践踏,这些完全没有人要的香蕉将被投进溪里丢弃,或者堆置在田里当肥料。因为香蕉是易腐的水果,农会怕腐败的香蕉污染了这座干净的蕉场。

在香蕉场堆得满满的香蕉,即使天色已经晦暗,还散放着翡翠一样的光泽。往昔丰收的季节里,这种光泽曾是带给我们欢乐的颜色,比雨后的彩虹还要灿亮,如今却刺眼得让人心酸。

怪手规律的呱呱响声,和愈来愈近的雷声相应和着。

我看到在香蕉集货场的另一边,堆着一些破旧的棉被和农民弃置在棉被旁的笋筐。棉被原来是用来垫娇贵的香蕉以免受损,笋筐是农民用来收成的,本来塞满收成的笑声。棉被和笋筐都溅满了深褐色的汁液,一层叠着一层,经过了岁月,那些蕉汁像一再凝结而干涸的血迹,是经过耕耘、种植、灌溉、收成而留下来的辛苦见证,现在全一无用处地躺着，静静等待着世纪末的景象。

蕉场前面的不远处，有几个小孩子用竹子撑开一个旧箩筐，箩筐里撒了一把米，孩子们躲在一角拉着绳子，等待着大雨前急着觅食的麻雀。

一只麻雀咻咻两声从屋顶上飞翔而下，在蕉场边跳跃着，慢慢地，它发现了白米，一步一步跳进箩筐里。孩子们把绳子一拉，箩筐砰然盖住，惊慌的麻雀打着双翼，却一点儿也找不到出路，悲哀地号叫出声。孩子们欢呼着自墙边出来，七八只手争着去捉那只小小的雀子，一个大孩子用原来绑竹子的那根线系住麻雀的腿，然后将它放飞。

麻雀以为得到了自由，振力地飞翔，到屋顶高的时候才知道被缚住了脚，颓然跌落在地上。它不灰心，再飞起，又跌落，直到完全没有力气，蹲在褐黄色的土地上，绝望地喘着气，还忧戚地长嘶，仿佛在向某一处不知的远方呼唤着什么。

这捕麻雀的游戏，是我幼年经常玩的，如今在心情沉落的此刻，心中不禁一阵哀戚。我想着小小的麻雀走进箩筐的景况，只是为了啄食几粒白米，未料竟落进一个不可超拔的生命陷阱里去，农人何尝不是这样呢？他们白日里辛勤地工作，夜里还要去巡田水，有时也只是为了求取三餐的温饱，没想到勤奋打拼地工作，竟也走入了命运的箩筐。

箩筐是劳作的人们再平凡不过的一件用具，它是收成时一串快乐的歌声。在收成的时节，看着人人挑着空空的箩筐走过黎明的田路，当太阳斜向山边，他们弯腰吃力地挑着饱满的箩筐，走过晚霞投照的田埂，确是一种无法言宣的美，是出自生活与劳作的美，比一切美术音乐还美。

我每看到农人收成，挑着箩筐唱简单的歌回家，就想起托尔斯泰的艺术论：任何伟大的作品都是蘸着血泪写成的。如果说大地是一张摊开的稿纸，农民正是蘸着血泪在上面写着伟大的诗篇，播种的时候是逗点，耕耘的时候是顿号，收成的箩筐正像在诗篇的最后圈上一个饱满的句点。人间再也没有比这篇诗章更令人动容的作品了。

遗憾的是，农民写作歌颂大地的诗章时，不免有感叹号，不免有问号，有时还有通向不可知的……分号！我看过狂风下不能出海的渔民，望着箩筐出神；看过海水倒灌淹没盐田，在家里踢着箩筐出气的盐民；看过大旱时的龟裂土地，农民挑着空的箩筐叹息。那样单纯的情切意乱，比诗人捻断数根须犹不能下笔还要忧心百倍。这时的农民正是契诃夫笔下没有主题的人，失去土地的依恃，再好的农人都变成浅薄的、渺小的、悲惨的、滑稽的、没有明天的小人物，他不再是个大地诗人了！

由于天候的不能收成和没有收成，固是伤心的事，倘若收成过剩而必须抛弃自己的心血，更是最大的打击。这一次我的乡人因为收成过多，不得不把几千万公斤的香蕉毁弃，每个人的心都被抓出了几道血痕。在过去的岁月里，他们只知道"一分耕耘，一分收获"的天理，从来没有听过"收成过剩"这个东西。怪不得几位白了胡子的乡人要感叹起来：真是没有天理呀！

当我听到故乡的香蕉因为无法销售，便搭着黎明的火车转回故乡。火车"空洞空洞空洞"地奔过田野，天空稀稀疏疏地落着小雨，戴斗笠的农人正弯腰整理农田。有的农田里正在犁田，农夫将犁绳套在牛肩上，自己在后面推犁，犁翻出来的烂泥像春花在土地上盛开。偶尔也看到刚整理好的田地，长出青翠的芽苗。那些芽很细小，只露出一丝丝芽尖，在雨中摇呀摇的，那点绿鲜明地告诉我们，在这一片灰色的大地上，有一种生机埋在最深沉的泥土里。台湾的农人是世界上最勤快的农人，他们总是耕者如斯，不舍昼夜，而我们的平原也是世界上最肥沃的土地，永远有新的绿芽从土里争冒出来。

第二章　兵卒无河

　　看着急速往后退去的农田，我想起父亲戴着斗笠在蕉田里工作的姿影。他在土地里种作五十年，是他和土地联合生养了我们，和土地已经种下极为根深的情感。他日常的喜怒哀乐全是跟随土地的喜怒哀乐。有时收成不好，他最受伤的，不是物质的，而是情感的。在我们所拥有的一小片耕地上，每一尺都有父亲的足迹，每一寸都有父亲的血汗。而今年收成这么好，还要接受收成过剩的打击，对于父亲，不知道是伤心到何等的事！

　　我到家的时候，父亲挑着香蕉去蕉场了。我坐在庭前等候他高大的背影，看到父亲挑着两个晃动的空箩筐自远方走来，他旁边走着的是我大学毕业的哥哥，他下了很大决心才回到故乡帮忙父亲的农业。由于哥哥的挺拔，我发现父亲这几年背竟是有些弯了。

　　长长的夕阳投在他挑的箩筐上，拉出更长的影子。

　　记得幼年时代的清晨，柔和的曦光总会肆无忌惮地伸出大手，推进我家的大门、院子，一直伸到厅场的神案上，使案上长供的四果一面明一面暗，好像活的一般，大片大片的阳光真是醉人而温暖。就在那熙和的日光中，早晨的微风启动了大地，我最爱站在窗口，看父亲穿着沾满香蕉汁的衣服，戴着顶尖上几片竹叶已经掀起的旧斗笠，挑着一摇一晃的一对箩筐，穿过庭前去田里工作。爸爸高大的身影在阳光照耀下格外雄伟健壮，有时除了箩筐，他还荷着锄头，提着扫刀，每一项工具都显得坚实有力。那时我总是倚在窗口上想着：能做个农夫是多么快乐的事呀！

稍稍长大以后，父亲时常带我们到蕉园去种作。他用箩筐挑着我们，哥哥坐前面，我坐后边。我们在箩筐里有时玩杀刀，有时用竹筒做成的气枪互相打苦苓子，使得箩筐摇来晃去，爸爸也不生气。真闹得他心烦，他就抓紧箩筐上的扁担，在原地快速地打转，转得我们人仰马翻才停止，然后就听到他爽朗洪亮的笑声串串响起。

童年蕉园的记忆，是我快乐的最初。香蕉树用它宽大的叶子覆盖累累的果实，那景象就像父母抱着幼子要去进香一样，同样涵含了对生命的虔诚。农人灌溉时流滴到地上的汗水，收割时挑着箩筐嘿嘿的喝声，到香蕉场验关时的笑谈声，总是交织成一幅有颜色有声音的画面。

在我们蕉园尽头处有一条河堤，堤前就是日夜奔湍不息的旗尾溪了。那条溪供应了我们土地的灌溉，我和哥哥时常在溪里摸蛤、捉虾、钓鱼、玩水，在我童年的认知里，还不知道为什么就为大地的丰饶而感恩着土地了。在地上，它让我们在辛苦的犁播后有喜悦的收成；在水中，它生发着永远也不会匮乏的丰收讯息。

我们玩累了，就爬上堤防回望那一片广大的蕉园。由于蕉叶长得太繁茂了，我们看不见在里面工作的人们，他们劳动的声音却像从地心深处传扬出来，交响着旗尾溪的流水潺潺，那首大地交响的诗歌，往往让我听得出神。

直到父亲用箩筐装不下我们去走蕉园的路，我和哥哥才离开我眷恋的故乡到外地求学。父亲送我们到外地读书时说的一段话到今天还响在我的心里："读书人穷没有关系，可以穷得有骨气；农人不能穷，一穷就双膝落地了。"

以后的十几年，我遇到任何磨难，就想起父亲的话，还有他挑着箩筐意气风发到蕉园种作的背影。岁月愈长，父亲的箩筐有魔法似的一日比一日鲜明。

此刻我看父亲远远地走来了，挑着空空的箩筐，他见到我的欣喜中也不免有一些黯然。他把箩筐随便地堆在庭前，一言不发，我忍不住问他："情形有改善没有？"

父亲涨红了脸："伊娘咧！他们说农人不应该扩大耕种面积，说我们没有和青果社签好约，说早就应该发展香蕉的加工厂，我们哪里知道那么多？"父亲把蕉汁斑斑的上衣脱下挂在庭前，那上衣还一滴滴地落着他的汗水，父亲虽知道今年香蕉收成无望，今天还是在蕉田里艰苦地做了工。

哥哥轻声地对我说："明天他们要把香蕉丢掉，你应该去看看。"父亲听到了，对着将落未落的太阳，我看到他眼里闪着微明的泪光。

我们一家人围着，吃了一顿沉默而无味的晚餐，只有母亲轻声地说了一句："免气得这样，明年很快就到了，我们改种别的。"阳光在我们吃完晚餐时整个沉到山里，黑暗的大地只有一片虫鸣唧唧。这往日农家凉爽快乐的夏夜，儿子从远方归来，却只闻到一种苍凉和寂寞的气味，星星也躲得很远了。

两部怪手很快就堆满一辆载货的卡车。

西北雨果然毫不留情地倾泻下来，把站在四周的人群全淋得湿透，每个人都纹风不动地让大雨淋着，看香蕉被堆上车，好像一场气氛凝重的告别式。我感觉那大大的雨点落着，一直落到心中升起微微的凉意。我想，再好的舞者也有乱而忘形的时刻，再好的歌者也有仿佛失曲的时候，而再好的大地诗人——农民，也有不能成句的时候。是谁把这写好的诗打成一地的烂泥呢？是雨吗？

货车在大雨中，把我们的香蕉载走了，载去丢弃了，

第二章　兵卒无河

只留两道轮迹，在雨里对话。

捕麻雀的小孩，全部躲在香蕉场里避雨，那只一刻钟前还活蹦乱跳的麻雀，死了。最小的孩子为麻雀的死哇哇哭起来，最大的孩子安慰着他："没关系，回家哥哥烤给你吃。"

我们一直站到香蕉全被清出场外，呼啸而过的西北雨也停了，才要离开，小孩子们已经蹦跳着出去，最小的孩子也忘记死去麻雀的一点点哀伤，高兴地笑了。他们走过箩筐，恶作剧地一脚踢翻箩筐，让它仰天躺着。现在他们不抓麻雀了，因为知道雨后，会飞出来满天的蜻蜓。

我独独看着那个翻仰在烂泥里的箩筐，它是我们今年收成的一个句点。

燕子轻快地翱翔，蜻蜓满天飞。

云在天空赶集似的跑着。

麻雀一群，在屋檐咻咻交谈。

我们的心是将雨或者已经雨过的天空。

红心番薯

看我吃完两个红心番薯,父亲才放心地起身离去,走的时候还落寞地说:为什么不找个有土地的房子呢?

这次父亲北来,是因为家里的红心番薯收成,特地背了一袋给我,还挑选几个格外好的,希望我种在庭前的院子。他万万没有想到,我早已从郊外的平房搬到城中的大厦,根本容不下绿色的地方,甚至长不出一株狗尾草,更不要说番薯了。

到车站接了父亲回到家里,我无法形容父亲的表情有多么近乎无望。他在屋内转了三圈,才放下提着的麻袋,愤愤地说:"伊娘咧!你竟住在无土的所在!"一个人住在脚踏不到泥土的地方,父亲竟不能忍受,我也是看到他的表情才知道的。然后他的愤愤转成喃喃:"你住在这种上不着天下不着地的所在,我带来的番薯要种在哪里?要种在哪里?"

父亲对番薯的感情,我也是这两年才深切知道的。

那是有一次我站在旧家前,看着河堤延伸过来的菅芒花,在微凉秋风中摇动着,那些遍地蔓生的菅芒长得有一人高。我看到较近的菅芒摇动得特别厉害,凝神注视,才突然看到父亲走在那一片菅芒里,我大吃一惊。原来父亲的头发和秋天灰白的菅芒花是同一个颜色,他在遍生菅芒的野地里走了几百米,我竟未能看见。

那时我站在家前的番薯田里,父亲来到我的面前,微笑地问:"在看番薯吗?你看长得像羊头一样大了哩!"说着,他蹲下来很细心地拨开泥土,捧出一个精壮圆实的番薯来,以一种赞叹的神情注视着番薯。我带着未能在菅芒花中看见父亲身影的愧疚心情,与他面对面蹲着。父亲突然像儿童天真欢愉地叹了一口气,很自得地说:"你看,恐怕没有人番薯种得比我好了。"然后他小心翼翼把那个番薯埋入土中,动作像在收藏一件艺术品,神情庄重而带着收获的欢愉。

父亲的神情使我想起幼年有关于番薯的一些记忆。有一次我和几位外省的小孩子吵架,他们一直骂着:"番薯呀!番薯呀!"我们就回骂:"老芋呀!老芋呀!"

对这两个名词我是疑惑的,回家询问了父亲。那天他喝了几杯老酒,神情至为愉快,他打开一张老旧的地图,指着台湾的那一部分说:"台湾的样子真是像极了红心的番薯,你们是这番薯的子弟呀!"而无知的我便指着北方广大的大陆说:"那,这大陆的形状就是一个大的芋头了,所以外省人是芋仔的子弟?"父亲大笑起来,抚着我的头说:"憨囝仔,我们也是唐山来的,只是来得比较早而已。"

然后他用一支红笔,从我们遥远的北方故乡有力地画下来,牵连到我们所居的台湾南部。那是我第一次在十烛光的灯泡下,认识到,芋头与番薯原来是极其相似的植物,并不是我们想象中那么判然有别的。也第一次知道,原来在北方会落雪的故乡,也遍生着红心的番薯!

我更早的记忆,是从我会吃饭开始的。家里每次收成番薯,总是保留一部分填置在木板的眠床底下。我们的每餐饭中一定煮了三分之一的番薯,早晨的稀饭里也放了番薯签,有时吃腻了,我就抱怨起来。

听完我的抱怨,父亲就激动地说起他少年的往事。他们那时为了躲警报,常常在防空壕里一窝就是一整天。所以祖母每每把番薯煮好放着,一旦警报声响,父亲的九个兄弟姊妹就每人抱两三个番薯直奔防空壕,一边啃番薯,一边听飞机和炮弹在四处交响。他的结论常常是:"那时候有番薯吃,已经是天大的幸福了。"他一说完这个故事,我们只好默然地把番薯扒到嘴里去。

父亲的番薯训诫并不是寻常都如此严肃,偶尔也会说起战前在日本人的小学堂中放屁的事。由于吃多了番薯,屁有时是忍耐不住的,当时吃番薯又是一般家庭所不能免,父亲形容说:"因此一进了教室往往是战云密布,不时传来屁声。"而他说放屁是会传染的,常常一呼百诺,万众皆响。有一回屁得太厉害,全班被日本老师罚跪在窗前,即使跪着,屁声仍然不断。父亲顽笑地说:"经过跪的姿势,屁声好像更响了。"他说这些的时候,我们通常吃番薯吃得比较甘心,放起屁来也不以为忤了。

然后是一阵战乱,父亲到南洋打了几年仗,在丛林之中,时常从睡梦中把他唤醒,时常让他在思乡时候落泪的,不是别的珍宝,只是普普通通的红心番薯。它烤炙过的香味,穿过数年的烽火,在万金家书也不能抵达的南洋,温暖了一位年轻战士的心,并呼唤他平安地回到家乡。他有时想到番薯的香味,一张像极番薯形状的台湾地图就清楚地浮现，思绪接着往南方移动，再来的图像便是温暖的家园，还有宽广无边结满黄金稻穗的大平原。

……

战后返回家乡，父亲做的第一件事便是在家前家后种满了番薯，日后遂成为我们家的传统。家前种的是白瓢番薯，粗大壮实，一个可以长到十斤以上；屋后一小片园地是红心番薯，一串一串的果实，细小而甜美。白瓢番薯是为了预防战争逃难而准备的，红心番薯则是父亲南洋梦里的乡思。

每年父亲从南洋归来的纪念日，夜里的一餐我们通常不吃饭，只吃红心番薯，听着父亲诉说战争的种种，那是我农夫父亲的忧患意识。他总是记得饥饿的年代，番薯是可以饱腹的，如今回想起来，一家人围着小灯食薯，那种景况我在梵高的名画《食薯者》中几乎看见。在沉默中，是庄严而肃穆的。

父亲的忧患想来恍若一个神话。大部分人永远不知有枪声，只有极少数经过战争的人，在他们的心底有一段番薯的岁月，那岁月里永远有枪声时起时落。

由于有那样的童年，日后我在各地旅行的时候，便格外留心番薯的踪迹。我发现在我们所居的这张番薯形状的地图上，从最北角到最南端，从山坡上干瘠的石头地到河岸边肥沃的沙埔，番薯都能够坚强地、不经由任何肥料与农药而向四方生长，并结出丰硕的果实。

有一次，我在澎湖人迹已经迁徙的无人岛上，看到人所耕种的植物都被野草吞灭了，只有遍生的番薯还和野草争着方寸，在无情的海风烈日下开出一片淡红的晨曦颜色的花，而且在最深的土里，各自紧紧握着拳头。那时我知道在人所种植的作物之中，番薯是最强悍的。

这样想着，幼年家前家后的番薯花突然在脑中闪现。番薯花的形状和颜色都像牵牛花，唯一不同的是，牵牛花不论在篱笆上还是在阴湿的沟边，都是抬头挺胸，仿佛要探知人世的风景；番薯花则通常是卑微地依着土地，好像在嗅着泥土的芳香。在夕阳将下之际，牵牛花开始萎落，而那时的番薯花却开得正美，淡红夕云一样的色泽，染满了整片土地。

正如父亲常说，世界上没有一种植物比得上番薯，它从头到脚都有用，连花也是美的。现在台北最干净的菜场也有卖番薯叶子的，价钱还颇不便宜。有谁想到这在乡间是最卑贱的菜，是逃难的时候才吃的？

在我居住的地方，巷口本来有一位卖糖番薯的老人，一个滚圆的大铁锅,挂满了糖渍过的番薯,开锅的时候,一缕扑鼻的香味由四面扬散出来。那些番薯是去皮的,长得很细小,却总像记录着什么心底的珍藏。有时候我向老人买一个番薯,散步回来时一边吃着,那蜜一样的滋味进了腹中,却有一点酸苦,因为老人的脸总使我想起在烽烟中奔走过的风霜。

老人是离乱中幸存的老兵,家乡在山东偏远的小县份。有一回我们为了地瓜问题争辩起来,老人坚持台湾的红心番薯如何也比不上他家乡的红瓤地瓜,他的理由是:"台湾多雨水,地瓜哪有俺家乡的甜?俺家乡的地瓜真是甜得像蜜的!"老人说话的神情好像当时他已回到家乡,站在地瓜田里。看着他的神情,使我想起父亲和他的南洋,他在烽火中的梦。我乃真正知道,番薯虽然卑微,它却联结着乡愁的土地,永远在乡思的天地里吐露新芽。

父亲送我的红心番薯过了许久有些要发芽的样子,我突然想起在巷口卖糖番薯的老人,便提去巷口送他,没想到老人改行卖牛肉面了,我说:"你为什么不卖地瓜呢?"老人愕然地说:"唉!这年头,人连米饭都不肯吃了,谁来买俺的地瓜呢?"我无奈地提番薯回家,把番薯袋子丢在地上,一个番薯从袋口跳出来,破了,露出其中的鲜红血肉。这些无知的番薯,为何经过卅年,心还是红的,不肯改一点颜色?

老人和父亲生长在不同背景的同一个年代,他们在颠沛流离的大时代里,只是渺小而微不足道的人,可能只有那破了皮的红心番薯才能记录他们心里的颜色。那颜色如清晨的番薯花,在晨曦掩映的云彩中曾经欣欣地茂盛过,曾经以卑微的球根累累互相拥抱,互相温暖。他们之所以能卑微地活过人世的烽火,是因为在心底的深处有着故乡的骄傲。

站在阳台上,我看到父亲去年给我的红心番薯。我随意种在花盆中,放在阳台的花架上,如今,它的绿叶已经长到磨石子地上,有的甚至伸出阳台的栏杆,仿佛在找寻什么。每一丛红心番薯的小叶下都长出根的触须,在石地板上久了,有点萎缩而干枯了。那小小的红心番薯竟是在找寻它熟悉的土地吧!因为土地,我想起父亲在田中耕种的背影,那背影的远处,是他从菅芒花丛中远远走来,到很近的地方,花白的发冒出了菅芒。为什么番薯的心还红着,父亲的发竟白了?

在我十岁那年,父亲首次带我到都市来,我们行经一片被拆除公寓的工地,工地堆满了砖块和沙石。父亲在堆置的砖块缝中,一眼就辨认出几片番薯叶子,我们循着叶子的茎络,终于找到一株几乎被完全掩埋的根,父亲说:"你看看这番薯,根上只要有土,它就可以长出来。"然后他没有再说什么,执起我的手,走路去饭店参加堂哥隆重的婚礼。如今我细想起来,那一株被埋在建筑工地的番薯,是有着逃难的身世,由于它的脚在泥土中,苦难也无法掩埋它,比起这些种在花盆中的番薯,它有着另外的命运和不同的幸福。就像我们远离了百年的战乱,住在看起来隐秘而安全的大楼里,却有了失去泥土的悲哀。

——伊娘咧!你竟住在无土的所在。

星空夜静,我站在阳台上仔细端凝盆中的红心番薯,发现它吸收了夜的露水,在细瘦的叶片上,片片冒出了水珠,每一片叶都沉默地小心地呼吸着。那时,我几乎听到了一个有泥土的大时代,上一代人的狂歌与低吟都埋在那小小的花盆,只有静夜的敏感才能听见。

兵卒无河

小时候，我家搬住到乡镇角角一条破败的巷子中，那里住满了收入很低的人，他们生存的方式是与命运来赌生活。

巷子里的人都咬紧牙关与生活拼斗着，他们虽然不安命，却像一条汇成的河流，安分地让岁月的苦难洗炼着。因此，最引人注目的是一个妓女户的保镖，大家都有意无意地与他保持距离，大人们眼前不说，背后总是嘀咕着："都中年的人了，还干什么保镖？"小孩见到他则像着瘟，远远地龟缩着。

保镖的名字叫旺火，旺火是巷仔内堕落与丑恶的象征，他像一团火烧得巷中人心惶惶。他干保镖的妓女户与巷子离得不远，所以他每天都要在巷子里来回几趟。我搬

第二章　兵卒无河

去的第二天就看清他的脸了，脸上的肌肉七缠八交地突起，半张脸被未刮净的胡楂盖得青乎乎的，两边的下颚骨格外大，好像随时要跃出脸颊外，戳到人身上一般。

在街坊间溜达，我隐约知道旺火。他年轻时就凭着两膀子力气在妓院中沉沦了，后来娶到妓院中的一个妓女，便带着他那瘦小苍白的女人落屠在我们巷子中。旺火不干保镖了，便帮人在屠宰场中杀猪，闲暇替左右邻舍干些杂活维生，倒与妻子过了一段平安的日子。连平常严肃的阿喜伯都捻须微笑："真是浪子回头金不换呀！"别人问起他的过去，他只是摇头，抬眼望向远方。

旺火的妻明明瘦得竹枝一样，人们却唤她阿桃，她和旺火倒好似同出一脉，帮人洗衣割稻时总是不发一言，无神的大眼像一对神秘的抽屉把子，有点锈了，但是没有钥匙，打不开来看抽屉中到底有些什么。阿桃即使一言不发地努力工作，流言却不能止，长舌的溪边浣衣的妇人们总传说着她十二岁就入了妓院，攒了十几年才还了院里的债，随了旺火。

他们夫妇便那样与世无争地度日，好似腐烂的老树中移枝新插的柳条，虽在风雨中飘摇着，却也活了下来。

旺火勤恳的好脾性并没有维持多久，住入巷子的第三年，阿桃在炎热夏日的一次难产中死了。仿如桃花逢夏凋萎，阿桃留下了一个生满了烂疮的儿子。旺火的火性像冬野时躺在烂火的炭忽然遇见干帛，猛烈地焚烧，镇里人只有眼睁睁地看那团火爆烈开来。

旺火将家中能售的器物全部变卖，不能卖的都被他捶成粉碎，然后用一具薄棺乱葬了他的妻子。

旺火更失神了，他居住的那间小小瓦屋不时传来碰碰撞撞的声音，还有小儿尖厉的长啼。他胡乱地喂养他那克死娘亲的苦命的孩子。他很久没有在镇上露面，人们也只在走过那间屋时张脑探头一番，而后议论纷纷地离开。

有人说：他那屋壁都要被捶穿了。

有人说：他甚至摔那生养不满一月的儿子。

也有人说：他已经瘦得不成人形了。

但是最惊人的消息是：旺火又回到妓女户去了。

"到底是干不了三天良民哩！"阿喜伯也说。

几个月后，旺火出现了，他仍然一味地沉默不语。人们常常看他低着头匆匆穿过街道，直到夜色深垂才回转家里，像和镇里人没有丝毫关系。他踱着他黑夜的道路，日复一日。

旺火那又摔又打、只喂他子母牌代奶粉的儿子竟奇迹

第二章 兵卒无河

似的、像吸取了母亲魂魄般地活存下来,小孩儿长着奇特的八字眉,小小的三角脸。由于他头上长满了棋子般大小的圆状斑疮,人们都叫他"棋子",日久,竟成了他的名姓。

棋子在那样悲苦的景况下,仍一日一日地长大。

可是棋子是他阿爸旺火的噩梦,由于他的降临,旺火失去了他的妻,乡下人认为这个害死亲娘的孩子一定是个恶孽。我看到棋子时,他身上总是结满了鞭打的痕迹,每次旺火的脾气旺了,便劈头劈脑一阵毒打,棋子则抱头在地上翻滚,以减轻鞭抽的痛楚。

有一回棋子偷了旺火放在陶瓮里的十块钱去买冰,被旺火发现了。

"你这个囝仔,你老母给你害死了,你还不甘心,长得一只蟾蜍样子不学好,你爸今天就把你打死在妈祖庙前。"旺火一路从巷中咒骂着过去,他左手提着被剥光成赤条条的棋子,右手拿着一把竹扫帚。小鸡一样被倒提着的棋子只是没命地号哭,好奇的镇人们跟随他们父子,走到妈祖庙前的榕树下。

旺火发了疯一样,"干你娘,干你娘!"地咒骂着,从腰间抽出一条绑猪的粗麻绳将棋子捆系在树上。棋子极端苍白的皮肤在榕荫中隐泛着惨郁的绿色，无助地、喑哑地哭着。旺火毫不容情地拿起竹扫帚啪哒一声抽在他儿子的身上，细细的血丝便渗漫出来。

"干你娘，不知道做好人。"啪，又打下一帚。

竹扫帚没头没脑地抽打得棋子身上全红肿了。

好奇地围观的人群竟是完全噤声，心疼地看着棋子，南台湾八月火辣的骄阳从妈祖庙顶上投射进来，燥烤得人汗水淋漓，人们那样沉默地静立着，眼看旺火要将他儿子打死在榕树上。我躲在人群中，吓得尿水沿着裤管滴淌下来。

霎时间，棋子的皮肤像是春耕时新翻的稻田，已经没有一块完好。

"乓！乓！"

两声巨响。

是双管猎枪向空中发射的声音，所有的人都回转身向庙旁望去。

连没命挥着竹扫帚的旺火也怔住，惊惶地回望着。

我看见刚刚从山上打猎回来的爸爸，穿着短劲的猎装，挟着猎枪冲进场子里来。站在场中的旺火呆了一阵子，然后又回头，无事般地举起他的竹扫帚。

第二章　兵卒无河

"不许动！你再打一下我就开枪。"爸爸喝着，举枪对着旺火。

旺火不理，正要再打。

"乓！乓！"双管猎枪的两颗子弹正射在旺火的脚下，扬起一阵烟尘。

"你再打一下你儿子，我把你打死在神明面前。"爸爸的声音冷静而坚决。

旺火迟疑了很久，望着静默瞪视他的人群，持着竹扫帚的手微微抖动着，他怨怼地望着，手仍紧紧握着要抽死他儿子的那把竹扫帚。

"你走！你不要的儿子，妈祖要！"

旺火铁青着脸，仍然抖着。

"乓！乓！"爸爸又射了一枪，忍不住吼叫起来："走！"

旺火用力地掷下他的竹扫帚，转身硬邦邦地走了，人群惊魂甫定地让出一条路，让他走出去。

看着事件发生的人群围了过来，帮着爸爸解下了奄奄一息的棋子，许多妇人忍不住泪流满面地号哭起来。

爸爸一手抱着棋子，一手牵着我踩踏夕阳走回家，他的虎目也禁不住发红，说：

"可怜的孩子。"

棋子在我们家养伤，我们同年，很快成了要好的朋友，他不敢回家，一提到他父亲就全身打哆嗦。棋子很勤快，在我家烧饭、洗衣、扫地、抹椅，并没有给我们添麻烦，但是我也听过爸妈私下对话，要把棋子送回家去，因为"他总是人家的儿子，我们不能担待他一辈子的"。

棋子也隐约知道这个事实，有一次，竟跪下来求爸爸：

"阿伯，要我做什么都可以，千万别送我回家。"

爸爸抚着他的肩头说：

"憨囝仔，虎毒不食子，只要不犯错，旺火不会对你怎样的。"

该来的终于来了。

初冬的一个夜晚，旺火来了，他新剃着油光的西装头，脸上的青胡楂刮得干干净净，穿着一件雪一样白的衬衫，看起来十分滑稽。他语调低软地求爸爸让他带儿子回去，并且拍着雪白的胸膛说以后再也不打棋子。

棋子畏缩地哭得很伤心，旺火牵着他步出我们的家门时，他一直用哀怨的眼神回望着我们。

天气凉了，一道冷风从门缝中吹袭进来。

爸爸关门牵我返屋时长叹了一口气！

"真是命呀！"

第二章　兵卒无河

棋子的命并没有因为返家而改变，他暴戾的父亲仍然像火一样猛烈炙烧他的心灵与肉体，棋子更沉默无语了，就像他死去的母亲一样，终日不发一言。

才六岁，旺火便把他带到妓院去扫地抹椅、端脸盆水了。

偷闲的时候，棋子常跑到我家玩，日久我们竟生出兄弟一般的情感。我有许多玩具，棋子很喜欢，简直爱不忍释。可是我要送他时，他的脸上又流出恐惧的神色，他说："我阿爸知道我跑到你家，会活活打死我。"那么一个小小的棋子，却背着生命沉重的包袱，仿佛是一个走过沧桑的大人了。

偶尔棋子也会对我谈起妓院的种种，那些故事对于才六岁的我，恰如是天的远方。那是一个颓落萎靡的地方，许多人躲在暗处生活着，又不知道为什么活着。棋子看到那些妓女们会想起他歹命的母亲，因为街坊中一直传言着，棋子的母亲是被他克死的。有一次他竟幽幽地诉说起："为什么死的是我阿母，不是我？"

当我们一起想起那位苍白瘦小的妇人，常常无言以对，把玩耍的好兴致全部赶走了。

有时候我偷偷背着父母，和棋子到妓院中去，看那些用厚厚脂粉构筑起来的女人。她们排列着坐在竹帘后边,一个个呆滞而面无表情,新来的查某常流露出一种哀伤幽怨的神色。但是一到郎客掀开帘子走进来时,妓女们的脸上即刻像盛开的塑胶花一样笑了起来。那种瞬即变化的表情,令我暗暗惊心。

我印象最深的是,那家妓院的竹帘子上画了两只色彩斑斓的鸳鸯,郎客一进来,那一对鸳鸯支离破碎地荡开,发出窸窸窣窣的声响,要很久以后它才平静下来,一会儿又被惊飞。我常终日坐在妓院内的小圆椅上看那对分分合合的鸳鸯——也就在那样幼小的年岁里,我已惊醒到,妓院的女子也许就像竹帘上荡来荡去、苦命的鸳鸯呀!

七岁的时候,棋子苦苦地哀求旺火让他去上学,一学期四十元的学费要挣扎半天才得到。

棋子终于和我一起去上一年级。他早上上学,下午和晚上仍到妓院去帮忙,上学非但没有使他快乐,反而让他堕进生命最苦难的深渊。旺火给他的工作加倍了,一生气,便是祖宗十代的咒骂:

"我干你老母,我们张家祖公仔十八代没有一个读书,你祖公烧好香,今天你读书了,有板了,像一只蟾蜍整日窝蹲着，什么事也不干，吃饭、读书，读我一个烂鸟！"

棋子这时要用一块一块柴火烧妓女户全户的热水，端去让一群人清洗肮脏丑陋的下身。他常弄得满身烟灰，像是刚自地底最深层爬出来的矿工，连妓女们都说，眉头深结的棋子顶像他已亡故的母亲。

也不知道为什么，棋子与我都疯也似的爱上下棋，每当妓女户收工、旺火又正巧出去酗酒的时候，我们便找到较隐蔽的地方偷偷厮杀半天。往往正下到半途，棋子想到旺火，便神色惊怖地飞奔回去，留下一盘残局。

我们玩着一种叫作"暗棋"的游戏，就是把棋子全部倒盖，一个个翻仰，然后按着翻开的棋子去走，不到全翻开不能知道全盘的结果，任何人都不知道最后的结果。

长大后我才知道，暗棋正像一则命运的隐喻，在起动之初，任谁也料不到真正的结局。

棋子在妓院中工作的事实，乡人也不能谅解，连脾气最好为人素所敬仰的阿喜伯也歪着嘴角："这颗扫把星，克死伊老母，将来恐怕也会和他阿爸一模一样，干那种替查某出气的保镖呢！"人们也习惯了棋子的悲苦，看到被打得满地乱滚的棋子，如同看着主人鞭打他的狗一般，不屑瞥看一眼。

学校里的孩子也和大人一样世故，每当大家正玩得高兴，见到棋子便电击一般，戛然而止。棋子也抗拒着他们，如同抗拒某种人生。

一天午后，棋子趁旺火午睡、妓女们休闲时跑来找我，一起到暗巷中摊开纸来下棋。

"我想逃走。"棋子说。

"逃走？"我有点惊惶。棋子拉开他左手的衣袖，叫我看他伤痕满布的手臂，那只瘦弱的手上交缠着许多青紫色的线条，好像葡萄被吃光后的藤子，那样无助空虚地向外张开脉络，他用右手轻轻掩上衣袖，幽幽地叹口气，说："为什么他那么恨我？"

正当我们眼睛都有些濡湿的时候，我看见一只大手不知从哪里伸来，紧紧扣住棋子的衣领向空提了起来。我不禁尖声惊叫，棋子的脸霎时像放久了的柚子，缩皱成一团，脸上流露着无助的恐惧，他战栗着。

"干你老母，妓女户无闲得像狗蚁，你闲仙仙跑来这里下棋！"旺火一手提着棋子，一手便乱棒似的打着棋子，棋子流泪沉默着，像是暴雨中缩首的小鸡子，甚至没有一句告饶。

第二章 兵卒无河

"好！你爱棋子，让你下个粗饱！"旺火咬牙说着，右手胡乱地抓了一把棋子，将一粒粒的棋塞到棋子因恐惧而扭曲的嘴巴中。我听到棋子呕呕的声音，他的嘴唇裂了，鲜血自嘴角点点滴滴地流下来，眼球暴张，旺火的脸也因暴怒而扭乱着，他瞥见我呆立一旁，脸上流过一丝冷笑，说："干，看啥？也想吃吗？"

我吓得直打抖，便没命地奔回家去唤爸爸，那一幕惊恐的影像却魔影似的追打着我。

爸爸来不及穿上衣，赤着身子跑到暗巷里去。

我们到的时候，只看见满地零零落落的鲜血，旺火和棋子都已经不知去向，我们又跑到旺火的家，只见桌椅零乱，也不知他们何处去了。

爸爸还不死心，拉着我上妓女户去。

老鸨满脸堆欢地走出来："哇！林先生，今日是什么风把你吹来了？"

爸爸冷着脸，问："旺火呢？"

"下午跑出去找他后生，再也没有回来呢！"

"伊娘咧！"

被怒火焚烧的爸爸牵着我的手又冲跑出来，我们就在镇里的大街小巷穿梭了几回。哪里还有棋子的踪影？我疲累无助地流下了眼泪，爸爸很是心慌：

"哭什么？"

"棋子一定会死的，他吃了一盘棋。"爸爸又怨恨又焦虑地叹了一口气，领带着我回家，我毫无所知地走着，走着，棋子的苦痛岁月一幕一幕在我脑中放映，我好像有一个预感，再也见不到棋子了。

然后，我便忍不住哭倒在爸爸的怀里。

二十年的颠顶天涯，我进了电影界，并有机会担任副导演的工作。有一次我们要在金山海边拍一场无聊的爱情戏，为了男女主角的殉情，我们安排了一个临时搭起的小屋，每天我就到海边去看那一间用一片一片木板搭盖起来的房子。

快要完成的那一天，我在屋顶上看见一个熟悉的身影，正在烈日的午后勤奋地钉着铁钉，当他抬起头时，我看清了那张小小的三角脸、八字眉，我的心猛然一缩——那不是棋子吗？

"那个留平头的青年叫什么名字？"我踯躅了一下，去见他们的工头。

第二章　兵卒无河

"阿基仔。"

"他是哪里人？"

"我们搭外景的工人都是临时招募来的，我不知道他是哪里人。"

"他是不是爱下棋？"工头摇摇头，两手一摊，便又去做他的工作了。

我站在旁边端详很久，忍不住抬头高唤了一声：

"棋子！"

年轻人停止手边的工作，用茫然的眼神望了望我。"我……"我的话尚未出口，他又继续做他的工作。

"棋子，我是阿玄，你不认识我了吗？"

"先生，你认错人了。"他脸无表情地说。

"你小时候常和我一起的呀！你爸爸旺火呢？"我热切地怀抱着希望地说。

"先生，你认错人了。"

他皱着眉，冷冷地说。

我不敢再问，只能站得远远的，看那一座脆弱的、随便搭盖起来的外景房子在薄暮的海风中渐渐成形。

当夜我折腾了一夜，想起日间那一个熟悉的影子，与我幼年时代的影像一贴合，不禁兴念起许多生命的无常。

我几乎可以肯定那个脸和那个神情便是隐埋在我心最深处的棋子。

"那一定是棋子!"

我便在这一句简单的呼喊中惊得每根神经末梢都充血地失眠了。

第二天,我再到外景地去问工头,他说:"伊喔,昨日晚也不知为什么说辞工不做,拿着工钱走了。现在的工人真没办法……"然后他想起什么似的惊诧地问我,"先生,找他有什么事吗?"

"没有,没有,只是问问。"

我心慌地说。

那一刻我知道,棋子将在我的生命中永永远远地消失了。

过　火

冬天刚刚走过，春风蹑足敲门的时节，天气像是晨荷巨大叶片上浑圆的露珠，晶莹而明亮，台风草和野姜花一路上微笑着向我们招呼。

妈妈一早就把我唤醒了。我们要去赶一场盛会，在这次妈祖生日盛会里有一场过火的盛典。早在几天前我们就开始斋戒沐浴，妈妈常两手抚着我瘦弱的肩膀，幽幽地对爸爸说："妈祖生日时要带他去过火。"

"火是一定要过的。"爸爸坚决地说，他把锄头靠在门侧，挂起了斗笠，长长叹一口气，然后我们没有再说什么话，就围聚起来吃着简单的晚餐。

从小，我就是个瘦小而忧郁的孩子，每天跋山涉水并没有使我的身体勇健，父母亲长期垦荒拓土的恒毅忍艰也丝毫没有遗传给我。

爸爸曾经为我做过种种努力，他一度希望我成为好猎人，每天叫我背着水壶跟他去打猎。我却常在见到山猪和野猴时吓得大哭失声，使得爸爸几度失去他的猎物，然后撑着双管猎枪紧紧搂抱着我。他的泪水濡湿我的肩胛，喃喃地说："怎么会这样，怎么会生出这样的孩子……"

他又寄望我成为一个农夫，常携我到山里工作。我总是在烈日烧烤下昏倒在正需要开垦的田地里，也时常被草丛中窜出的毒蛇吓得屁滚尿流，爸爸不得不放下锄头跑过来照顾我。醒来的那一刻，我总是听到爸爸长长而悲伤的叹息。

我也天天暗下决心要做一个男子汉，慢慢地，我变得硬朗了，爸妈也露出欣慰的笑容，可是他们的努力和我的努力一起崩溃了，在我孪生的弟弟七岁那年死的时候。

眼见到和自己一模一样的弟弟死去，我竟也像死去了一半，失去了生存的勇气，变成一个失魄的孩子，每天眉头深结，形销骨立。所有的医生都看尽了，所有的补药都吃尽了，换来的仍是叹息和眼泪。

第二章　兵卒无河

然后爸爸妈妈想到神明，想到神明就好像一切希望都来了。

神明也没有医好我。他们又祈求十年一次的大过火仪式，可以让他们命在旦夕的儿子找到一闪生命的火光。

我强烈地缅怀弟弟，他清俊的脸容常在暗夜的油灯中清晰出来，他的脸是刀凿般深刻，连唇都有血一样的色泽。我们曾脐带相连地度过许多快乐和凄苦的岁月，我念着他。不仅因为他是我的兄弟，而是因为我们生命血肉在最根源处紧紧纠结。

弟弟的样貌和我一模一样，个性却不同。弟弟强韧、坚毅而果决，我则是忧郁、畏缩而软弱的。如果说爸爸妈妈是一间使我们温暖的屋宇，弟弟和我便是攀爬而上的两种植物，弟弟是充满霸气的万年青，我则是脆弱易折的牵牛，两者虽然交缠分不出面目，又是截然不同：万年青永远盎然地充满炽盛的绿意，牵牛则常开满忧郁的小花。

刚上一年级，弟弟在上学的长途中常常负我涉水过河，当他在急湍的河水中苦涉时，我只能仰头看白云缓缓掠过。放学回家，我们要养鸡鸭，还要去割牧草，弟弟总是抢着做工，把割来的牧草与我对分，免得回家受到爸妈责备的目光。

思想的天鹅

弟弟也常为我的懦弱吃惊,每次他在学校里打架输了,总要咬牙恨恨地望我。有一回,他和班上的同学打架,我只能缩在墙角怔怔地看着,最后弟弟打输了,坐跌在地上,嘴角淌着细细的血丝,无限哀怨地凝睇着他无用的哥哥。

我撑着去扶他,弟弟一把推开我,狂奔出教室。

那时已是秋深了,相思树的叶子黄了,灰白的野芒草在秋风中杂乱地飞舞,弟弟拼命奔跑,像一只中枪惊惶而狂怒的白鼻心,要借着狂跑吐尽心中的最后一口气。

"宏弟,宏弟。"

我嘶开喉咙叫喊。弟弟一口气奔到黑肚大溪,终于力尽了颓坐下来,缓缓地躺卧在溪旁。我的心凹凸如溪畔团团围住弟弟的乱石。

风,吹得很急。

等我气喘吁吁赶到,看见弟弟脸上已爬满了泪水,一张脸湿漉漉的,嘴边还凝结着暗褐色的血丝,脸上的肌肉紧紧地抽着,像是我们农田里用久了的帮浦[①]。

[①] 帮浦:台湾地区称水泵为"帮浦",从"水泵"的英文"pump"音译而来。——编者注

第二章　兵卒无河

我坐着，弟弟躺卧着，夕阳斜着，把我们的影子投照在急速流去的溪中。

弟弟轻轻抽泣很久，抬头望着天云万叠的天空，低哑着声音问：

"哥，如果我快被打死了，你会不会帮助我？"

之后，我们便紧紧相拥放声痛哭，哭得天都黄昏了，听见溪水潺潺，才一言不发走回家。

那是我和弟弟最后的一个秋天，第二年他便走了。

爸爸牵我左手，妈妈执我右手，在金光万道的晨曦中，我们终于出发了。一路上远山巅顶的云彩千变万化，我们对着阳光的方向走去，爸爸雄伟的体躯和妈妈细碎的步子伴随着我。

从山上到市镇要走两小时的山路，要翻过一座山，涉过几条溪水。因为天太早，一路上，雀鸟都被我们的步声惊飞，偶尔还能看见刺竹林里松鼠忙碌地跳跃。我们没有说什么话，只是无声默默前行，一直走到黑肚大溪，爸爸背负我涉过水的对岸，突然站定，回头怅望迅疾流去的溪水，隔了一会儿说：

"弟弟已经死了，不要再想他。"

"爸爸今天带你去过火，就像刚刚我们走水过来一样，你只要走过火堆，一切都会好转。"

爸爸看到我茫然的眼神，勉强微笑说：

"只不过是一个小小的火堆罢了。"

我们又开始赶路，我侧脸望着母亲手挽花布包袱的样子，她的眼睛里一片绿，映照出我们十几年垦拓出来的大地，两只眼睛水盈盈的。

我走得慢极了，心里惦想着家里养的两只蓝雀仔，爸爸索性把我负在背上，愈走愈快，甚至把妈妈丢在远远的后头。

穿过相思树林的时候，我看到远方小路尽头处有一片白花花的阳光。

一个火堆突然莫名地闪过我的脑际。

抵达小镇的时候，广场上已经聚集了黑压压的人头，这是小镇十年一次的做醮，沸腾的人声与笑语嗡嗡地响动。我从架满肥猪的长列里走过，猪头张满了绷起的线条，猪口里含着新鲜的金橙色橘子，被剖开肚子的猪仔们竟微笑着一般，怔怔地望着满溢着欣喜的人群。

广场的左侧被清出一块光洁的空地，人们已经围聚在一起，看着空地上正猛烈燃烧的薪材。爸爸告诉我那些木材至少有四千斤，火舌高扬冲上了湛蓝的天空，在毕毕剥剥的裂声中，我仿佛听见人们心里狂热的呼喊，人人的脸蛋都烘成了暖滋滋的新红色。两个衣着整齐的人手拿丈长的竹竿正挑着火堆，挑一下，飞扬起一阵烟灰，火舌马上又追了上来。

一股刚猛的热气扑到我脸上，像要把我吞噬了。妈妈拉我到怀中，说："不要太靠近，会烫到。"正在这时，广场对角的戏台上咚咚呛呛地响起了锣鼓，扮仙开始，好戏就要开锣了。

咚咚呛呛咚咚呛，柴火慢慢小了，剩下来的是一堆红通通的火炭，裂成大大小小一块块，堆成一座火热的炭山。我想起爸爸要我走火堆，看热闹的心情好像一下子被冷水浇灭了。

"司公来了！司公来了！"人群里响起一阵呼喊，壅塞的人群眼睛全望向相同的方向。一个身穿黑色道袍头戴黑色道帽的人走来，深浓的黑袍上罩着一件猩红色的绸缎披肩，黑帽上还有一粒鲜红色的帽粒。

人群让开一条路，那个又高又瘦的红头道士踏着八卦步一摇一摆地走进来，脸上像一张毫无表情的画像。

人们安静下来了。

我却为这霎时的静默与远处聒噪的锣鼓而微微地颤抖。

红头道士做法事的另一边,一个赤裸上身的人正颤颤地发抖,颤动的狂热使人群的焦点又注视着他,爸爸牵我依过去,他说那是神的化身,叫作童乩。

童乩吐着哇哇不清的语句,他的身侧有一只金炉和一张桌子,桌上有笔墨和金纸。他摇得太快,使我的眼睛花乱了。他提起笔在金纸上乱画一通,有圈,有钩,有直,我看不出那是什么。爸爸领了一张,装在我的口袋里,说可以保佑我过火平安,装在我的口袋里便可以安心去过火了。

呜——呜——呜!呜!

远远望去,红头道士正在木炭堆边念咒语,烟雾使他成为一个诡异的立体。他左手持着牛角号,吹出了低沉而令人惊骇的声音。右手的一条蛇头软鞭用力抽打在地上,发出啪啪的响声,鞭声夹着号角声,人人都被震慑住了。

爸爸说,那是用来驱赶邪鬼的。

后来,道士又拿来一个装了清水的碗和盛满盐巴的篮子,他含了一口水,"噗"一声喷在炭上,嗤——一阵水烟蒸腾起来。他口中喃喃,然后把一篮盐巴遍撒在火堆上。

第二章　兵卒无河

三乘小轿在火堆旁绕圈子，有人拿长竹竿把火堆铺成一丈长四尺宽的火毡，几个精壮的汉子用力拨开人群，口里高呼着："请闪开，过火就要开始了。"

三乘小轿越转越快，转得像飞轮一样。

妈妈紧紧抱我在怀中。

三乘小轿的轿夫齐声呼喝，便依序跃上火毡，"嗤"一声，我的心一阵紧缩。他们跨着大步很快地从火毡上跑过去，着地的那一刻，所有人都从梦般的静默里惊呼起来，一些好事的人跑过去看他们的脚，这时，轿夫笑了。

"火神来过了，火神来过了。"许多人忍不住狂呼跳叫。

红头道士依然在火堆旁念着神秘的、不可知的、像响自远天深处的咒语。

过火的乡人们都穿着一式的汗衫短裤，露出黧黑而多毛的腿，一排排的腿竟像冒着白烟，蒸腾着生命的热气。

那些腿都是落过田水的，都是在炙毒的阳光和阴诈的血蛭中慢慢长成，生活的熬炼就如火炭一直铸着他们——他们是那样地兴奋，竟有一点儿像去赶市集一样，人人面对炭火总是有些惊惶，可是老天有眼，他们相信这一双肉腿是可以过火的。

十二月的天，冷酸酸的田水，和春天火炙的炭火并没有不同，一个是生活的历练，一个是生命的经验，都只不过是农人与天运搏斗的一个节目。

轿子，一乘乘地采取同样的步姿，夸耀似的走过火堆。

爸爸妈妈紧紧牵着我，每当"嗤"的声音响起，我的心就像被铁爪抓紧一般，不能动弹。

司锣的人一阵紧过一阵地敲响锣鼓。

轿夫一次又一次将他们赤裸的脚踝埋入红艳艳的火毡中。

随着锣鼓与脚踝的乱蹦乱跳，我的心也变得仓皇异常，想到自己要迈入火堆，像是陷进一个恐怖的海上噩梦，抓不到一块可以依归的浮木。

一张张红得诡谲的、玄妙的脸闪到我的眼睫来。

我抓紧爸妈微微渗汗的手，思及弟弟在天地的风景中永远消失的一幕，他的脸像被火烤焦的紫红色，头一偏，便魔吒似的去了，床侧焚烧的冥纸耀动着鬼影般的火光。

在火光的交叠中，我看到领过符的乡民——迈步跨入火堆。

有的步履沉重，有的矫捷，还有仓皇跑过的。

我看到一位老人背负着婴儿走进火堆，他青筋突起的腿

第二章　兵卒无河

脚毫不迟疑地埋进火中，使我想起庙顶上红绿交织的庄严画像。爸爸告诉我，那是他重病的小儿子，神明用火来医治他。

咚咚呛呛咚咚呛。

远处的戏锣和近处的锣鼓声竟交缠不清了。

"阿玄，轮到你了。"妈妈用很细的声音说。

"我——我怕。"

"不要怕，火神来过了，不要怕。"

爸妈推着我就要往火堆上送。

我抬头望望他们，央求地说："爸，妈，你们和我一起走。"

"不行。只有你领了符。"爸爸正色道。

锣声响着。

火光在我眼前和心头交错。

爸妈由不得我，硬把我架走到火堆的起点。

"我不要，我不要——"我大声号哭起来。

"走，走！"爸爸吼叫着。

我不要——

妈——

我跪了下来，紧紧抱住妈妈的腿，泪水使我什么都看不见了。

"没出息！我怎么会生出这种儿子？给我现世！今天你不走，我就把你打死在火堆上！"爸爸的声音像夏天午后的西北雨雷，嗡嗡响动，我抬头看，他脸上爬满泪水，重重地把我摔在地上，跑去抢起道坛上的蛇头软鞭，啪的一声抽在我身旁的地上，溅起一阵泥灰。

"我打死你！我打死你！林姓的祖先做了什么孽，生出这样的孩子！我打死你，让你去和那个讨债的儿子做堆！"我从来没有看过爸爸如此暴怒的面容，他的肌肉纠结着，头发扬散，如一头巨狮。

"你疯了。"妈妈抢过去拦他，声音凄厉而哀伤。

红头道士、轿夫们、人群都拥过来抓住爸爸正要飞来的鞭子。

锣也停了。

爸爸被四个人牢牢抓住，他不说话，虎目如电，穿刺我的全身。

四周是可怕的静寂。

我突然看见弟弟的脸在血红的火堆中燃烧，想起爸爸撑着猎枪掉泪的面影和他辛苦荷锄的身姿。我猛地站起，

第二章 兵卒无河

对爸爸大声说:"我走,我走给你看,今天如果我不敢走这火堆,就不是你的囝仔。"

锣声缓缓响起。

几千道目光如炬注视。

我走上了火堆。

第一步跨上去,一道强烈的热流从我脚底窜进,贯穿了我的全身,我的汗水和泪水全滴在火上,一声"嗤",一阵烟。

我什么都看不见,仿佛陷进一座神秘的围城,只听到远天深处传来弟弟轻声的耳语:"走呀!走呀!"那是一段很短的路,而我竟完全不知它的距离,不知它的尽处,相思林尽头的阳光亮起,脚下的火也浑然或忘了。

踩到地的那一刻,土地的冰凉使我大吃一惊,唬——一声,全场的人都欢呼起来,爸爸妈妈早已等在这头,两个人抢抱着我,终于号啕地哭成一堆。打锣的人戏剧性地、欢愉地敲着急速的锣鼓。

爸爸疯也似的紧抱我,像要勒断我的脊骨。

那一天,那过火的一天,我们快乐地流泪走回家。

到黑肚大溪,爸爸叫我独自涉水。

猛然间,我感到自己长大了。

童年过火的记忆像烙印一般影响了我整个生命的旅程,日后我遇到人生的许多事都像过火一样,在起步之初,我们永远不知道能否安全抵达火毡的那一端。我们当然不敢相信有火神,我们会害怕,会无所适从,会畏惧受伤,但是人生的火一定要过,情感的火要过,欢乐与悲伤的火要过,沉定与激情的火要过,成功与失败的火要过。

我们不能退缩,因为我们要单独去过火,即使亲如父母,也有无能为力的时候。

吴郭鱼与木瓜树

吴郭鱼

十五年没有和哥哥一起去钓鱼了,哥哥说:"难得放假,一起去钓鱼吧!"

我们幼时常一同钓鱼,总在屋后竹林中的泥泞地面挖一些小红蚯蚓,那是最好的钓饵。有时找不到红蚯蚓,就捞粪坑里的蛆虫洗净,置放在装了米糠的桶中。因此我询问他:"如果我们再也找不到蚯蚓和蛆了,用什么当饵呢?"

"这容易,烤两个番薯就行了,现在去的鱼池,即使用草根当饵,鱼也会上钩的。"

在我们出发的路上，哥哥告诉我，我们要去的鱼池原是一片稻田，因为种稻没有收入，农人将之改成鱼池，养殖吴郭鱼。现在吴郭鱼也便宜得不像话，光是养殖及捞取的人工都赚不回来，如果要填平再种稻更是费神费事，因此鱼池的主人丢下鱼池不知何去。这座鱼池完全被弃置，甚至连钓鱼的人都很少来了。

哥哥说："吴郭鱼是很耐命的，即使没有人养，它们也快速地生长和繁殖。到现在，鱼池里满满的鱼，甩饵下去时都会打到鱼头哩！"哥哥笑起来，"所以我说饵没有关系，这些鱼饿了很久，你随便丢一根草都要抢着吃的。"

这番话对我是最好的安慰，哥哥素来知道我钓鱼技术不甚了了，说话不免夸张，使我钓鱼前产生一点儿信心。我们提着钓具，从柏油路上转入一条满布土石的产业道路，两旁全是正在蓬勃生长的香蕉树，偶有一些刚插秧过的稻田，还种了柑橘与木瓜。

我们小时常在这一带嬉戏，以前是一望无边的水稻田，一直连到远处的小山下，甚至依山而上还有几畦绿色的稻田。现在稻田正日渐萎缩，其实也不是因为政府鼓励转作，而是在鼓励转作之前稻米就已经无价无市，农人们不得不改植其他作物。转作的作物各自不同，算是在无路里各自赌自己的生计。

产业道路的尽头就是鱼池，主人在平地上原有稻田，山坡上也有稻作，为了转营鱼池，他毁弃了稻田，请挖土机挖成鱼池，就着原来灌溉的小溪蓄水，就那样从农夫变成了渔民。"稻子的收入真的那么不堪吗？"我问一直在乡下教书、闲时帮忙耕种的哥哥。他说："讲起来很少人会相信，一甲稻田扣掉开销，只能净赚一万多元，还不如工厂工人一个月的薪水。"

至于鱼池，原本是很好的行业，可惜最近一阵子消费方向改变，爱吃吴郭鱼的人少了，一般人觉得这种鱼并不高级，听说在乡下市场里，一条鱼还不到十元的价钱。

我们摆好钓具，哥哥说："这些鱼已经很久没有人养了，我用草茎钓给你看。"他随意在池边拔起一株草，折下一段草茎钩在鱼钩上，用力甩下鱼池，落下的草引起池中的鱼一阵骚动，全部蜂拥而来。不到三分钟，哥哥收钓竿，钩上正钓着一条肥厚的吴郭鱼，哥哥说："你看，这鱼饿得太久了。"

"怎么还长这么肥？"我问。

"听说为了加速鱼的生长，他们在鱼池里投放荷尔蒙，现在大概荷尔蒙还未消失呢！"

我们在鱼池边静默地钓鱼，那鱼是我看过最容易上钩的鱼，连我这多年没拿过钓竿的、常被取笑与鱼无缘的人，也眼睁睁地看着鱼一条一条地上钩，可不知道为什么，心里非但没有钓者那种收获的愉快，反而有一种说不出的哀伤之感。想到这样的一池肥鱼，在物质匮乏的年代实在是求之不得的，二十几年前的乡下，桌上只要有一条鱼下饭，就是家庭里一件了不得的大事了。现在连吴郭鱼都没有人要吃，养鱼的人甚至弃养，即使是如今，住在都市的人也不能想象如此的景况。

最不堪的是，这鱼池还是从稻田转作的。鱼贱如此，稻米也可想而知，怪不得哥哥每次从田中回来，时常感叹地说："以前人说士、农、工、商，这个秩序要重新排列，现在是商、工、士、农了。"

农作的艰辛是历千年来都如此，但农价之贱恐怕是千年所未曾有。我父亲爱说笑，有一次他从花市回来，说："想不到十斤米的价钱才能买一把玫瑰花。"他觉得好笑，我们却都听到笑中有怨怼之意。说花还是远的，一双孩子的小鞋也是几斤米的价。

有时返乡会陪母亲到市场，才发现都市里的菜价远是乡下的数倍，我的伤痛是：如今交通这样便利，为什么都市与乡村的农作价格有那样大的差距？总会想想那中间的一段差距是怎么来的。乡下的香蕉一斤卖不到一元，在台北市却从未低于十元，难道经过一截高速公路，可以使香蕉价成长十倍吗？

钓鱼时想这些，也时与哥哥相讨论，但没有结果。吴郭鱼是无知的，它们频频吃饵上钩，才一个下午的时间，我们整整钓了两大水桶，恐怕有三四十斤。哥哥发愁起来说："这么多鱼怎么吃？"我说："这还不容易，送给亲戚邻居不就好了！"

回到家，我热心地将新鲜的鱼装袋分开，提去送给左邻右舍，才发现表面上他们很是感激，其实每人都面有难色。我也想不出其中道理，后来住我家前面卖衣服的妇人对我说："唉！你送这些鱼给我们添麻烦，这种活鱼在市场里十块钱两条，鱼贩还帮你杀好，去鳞，清理内脏。你送给我们，我还要自己动手杀鱼，我已经好几年没有杀鱼了。"

我坐在小时候写字的书桌前，想到那送鱼的一幕，禁不住心口发烫，好像生病一样，才深深体会到弃鱼池而去的主人真正的心情。

木瓜树

堂哥由于香蕉生产过剩被运去丢弃的打击,去年狠下心来,把几甲地都改种了木瓜。改种木瓜的理由很简单,因为木瓜与香蕉的生长环境相似,不会因不懂种植而失败,木瓜的瓜价虽然不高,但还比香蕉有一点儿卖相。

堂哥在农作里已打滚了二十年,种作的技术无话可说,他的矮种木瓜长得出乎意料地好,春天才种的,当年冬天已经结实累累。心里正在高兴木瓜的收成,后来找到收买木瓜的人来估价,才知道高兴得太早。

一斤木瓜,在乡下的田里估到的价格是八毛钱。"八毛钱?"堂哥听到了从椅子上跳起来说,"现在给孩子一块钱的零用,孩子都不肯收了,因为一块钱根本买不到一粒糖,我的木瓜长这么好,一斤才八毛!你有没有说错?"

买木瓜的人苦笑着说:"不是我的价钱低,这是公定价,你觉得太低,我也没办法,就找别人来估好了。现在木瓜盛产,你的木瓜如果撑到春天,一斤可能卖到三五元也说不定。"

堂哥说:"木瓜已经熟透挂在枝上,怎么可能等到春天?"

然后他另外找人估价，果然八毛是"公定"的价钱，甚至有一位只估了六毛，理由是："现在木瓜大部分得病，根本没人要，如果你不赶快脱手，等传染了病，一毛钱也卖不到。"

堂哥不禁颓丧起来，他算一算，请工人来采，一天的工资是三百五，如果工人一天能摘四百公斤的木瓜，连本钱都收不回来，而能一天采三百公斤的工人也是不多见的。"要自己采嘛！还不如去给人当工人省心。"他说。

堂哥的木瓜于是注定了它的命运，原封不动地在树上腐烂，然后通知亲戚朋友，谁想吃木瓜、卖木瓜，自己到园里去摘，同时也欢迎亲戚朋友通知亲戚朋友。可是木瓜太多了，大部分还是熟透落在地上。

我回乡的时候，听到这个消息，便到堂哥的木瓜园去，随身带了小刀，坐在木瓜树下饱吃了一顿。那些红肉种的木瓜，汁多肉饱，在台北，一斤没有二十元是买不到的。我坐着，看落满一地的木瓜，有的已经血肉模糊地烂在地上，有许多木瓜子还长出小小的芽苗，忽然体会了堂哥的心情——听说他已经很久再没有步入木瓜园了，当一个人决定毁弃他辛苦种作的果实之后，恐怕是不忍心再去面对的。

遇到堂哥的时候，我问他："这些木瓜园以后要怎么处理呢？"他忍不住愤愤："让它去烂吧！我已经没有心情再耕种了，因为不知道要种什么好！"我告诉他台北一斤木瓜二十元，他笑了："木瓜一斤十元的时候，台北是二十元，一斤八毛的时候，台北也是二十元，这是我们农人永远不能理解的事。"

幸好堂哥除了种地，还在一家合作社上班，否则今年的生计马上要陷入困境。当天下午，堂哥带我去看一个农人的集市，许多农人用小货车载他们的农作物到市场来叫卖，一个三四斤重的高丽菜是五元，三个十元；一条一斤多重的白萝卜一元，七条五元；还有卖甘蔗的，一捆（大约有二十几株）二十元，三捆五十元；农人们叫得面红耳赤，只差没有落下泪来，至于番薯，则是整袋地卖也没人问津，堂哥对我说："在这里，你拿一张一百元的钞票，可以买一车回家，可是一百元在台北只能喝到一杯咖啡。一杯咖啡能买一百株甘蔗，说起来城里的人不会相信。"我想，如果不是亲眼看到，我也不会相信的。

我问："农人还有什么可以种呢？"

堂哥摇头，黑红的脸上一阵默然，并未回答我的问题，而说："你看我们这个乡下，游手好闲的青年愈来愈多，小流氓简直比农作物长得快，原因不是没有田种，而是没有人肯种田，因为如果去开计程车或到工厂做工，每天都能领工钱。如果种田呢！一年后才有结果，这结果可能是一毛钱也赚不到，反而赔了老本。"

我自己在新闻桌上，有时看到某地某物丰收，常常看到"农业充满光明远景"这样的句子，或者"农民生活显著改善"这样的标题，心中不免一片喜乐，因为我是农村长大的孩子，如今看到真正的农田，其间还只不过十年不常回乡，真不敢相信农业凋敝如此，心里的难过实在难以形容。

十几年前我听过一位教授演讲，讲到农民种地实在只是消遣的副业，因为如果不是消遣，谁能安于一个月只有一两千元的收入时，曾经愤怒地离开演讲会，现在回想起来倒觉得他言之有理——如果不是消遣，谁会种地呢？

写这些的时候，我看到从堂哥木瓜园摘来的硕大木瓜静静地躺在桌上，它一言不发，在乡间微弱的日光灯下，竟退去红艳，一片惨白。

我静穆地看着那个木瓜，赫然发现昔时农村夜深的叽叽虫声，现在一声都听不到了。

第三章　无关风月

黄玫瑰的心

为了这绝望的爱情，我已经过了很长时间沮丧、疲倦、如行尸走肉的日子。

昨夜，从矿坑灾变采访回来，因疼惜生命的脆弱与无助，坐在眠床上不能入睡。清晨，当第一道阳光照入，我决心为那已经奄奄一息的爱情做最后的努力，我想，第一件该做的事是到我常去的花店买一束玫瑰花，要鹅黄色的，因为我的女朋友最喜欢黄色的玫瑰。

剃好胡子，勉强拍拍自己的胸膛说："振作起来！"想起昨天在矿坑灾变后那些沉默哀伤但坚强的面孔，就出门了。

往市场的花店前去，想到在一起五年的女朋友竟为了一个其貌不扬、既没有情趣又没有才气的人而离开我,而我又为这样的女人去买玫瑰花,既心痛,又心碎;既生气,又悲哀得想流泪。

到了花店,一桶桶美艳的、生气昂扬的花正迎着朝阳开放。

找了半天,才找到放黄玫瑰的桶子,只剩下九朵,每一朵都垂头丧气。"真衰!人在倒霉的时候,想买的花都是垂头丧气的。"我在心里咒骂。

"老板!"我粗声地问,"还有没有黄玫瑰?"

老先生从屋里走出来,和气地说:"没有了,只剩下你看见的那几朵啦。"

"这黄玫瑰每一朵的头都垂下来了,我怎么买?"

"哦,这个容易,你去市场里逛逛,半个小时后回来,我包给你一束新鲜的、有精神的黄玫瑰。"老板赔着笑,很有信心地说。

"好吧!"我心里虽然不信,但想到说不定他要向别的花店去调,就转进市场去逛了。心情沮丧时看见的市场简直是尸横遍野,那些被分解的动物尸体,使我更深刻地感受到这是一个悲苦的世界,小贩刀俎的声音使我的心更烦乱。

第三章 无关风月

好不容易在市场里熬了半个小时，再转回花店时，老板已把一束元气饱满的黄玫瑰用紫色的丝带包好了，放在玻璃柜上。

我不敢相信自己的眼睛，我说："这就是刚刚那一些黄玫瑰吗？"——它们垂头丧气的样子还映在我的眼前！

"是呀！就是刚刚那些黄玫瑰。"老板还是笑嘻嘻地说。

"你是怎么做到的？刚刚明明已经谢了呀！"我听到自己发出惊奇的声音。

花店老板说："这非常简单，刚刚这些玫瑰不是凋谢，只是缺水。我把它们整株泡在水里，才二十分钟，它们全又挺起胸膛了。"

"缺水？你不是把它插在水桶里吗？怎么可能缺水呢？"

"少年仔，玫瑰花整株都要水呀！泡在水桶里的是它的根茎。它喝水就好像人吃饭一样，但是人不能光吃饭，人要用脑筋、有思想、有智慧才能活得抬头挺胸。玫瑰花的花朵也需要水，在田野里，它们有雨水露水，但是剪下来就很少人注意了，很少人再给花的头浇水，一旦它的头垂下来，整株泡在水里，很快就恢复精神了。"

我听了非常感动，怔在当场：呀！原来人要活得抬头挺胸，需要更多的智慧，需要常把干枯的头脑泡在冷静的智慧之水里。

当我告辞的时候,老板拍拍我的肩膀说:"少年仔!振作咧!"这句话差点使我流泪走回家,原来他早就看清我是一朵即将枯萎的黄玫瑰。

回到家,我放了一缸水,把自己整个人埋在水里,体会着一朵黄玫瑰的心,起来后通体舒泰,决定不把那束玫瑰送给离去的女友。

那一束黄玫瑰每天都会被我整株泡一下水,一星期以后才凋落花瓣,凋谢时,也是抬头挺胸地凋谢的。

这是十几年前我写在笔记上的一件真实的事,从那一次以后,我就知道了一些买回来的花朵垂头丧气的秘密。最近找到这一段笔记,感触和当时一样深,更切实地体会到,人只要有细腻的心去体会万象万法,到处都有启发的智慧。

一朵花里,就能看到宇宙的庄严,看到美,以及不屈服的意志。

有一位花贩告诉我,几乎是所有的白花都很香,愈是颜色艳丽的花愈是缺乏芬芳,他的结论是:"人也是一样,愈朴素单纯的人,愈有内在的芳香。"

有一位花贩告诉我，夜来香其实白天也很香，但是很少人闻得到，他的结论是："因为白天人的心太浮了，闻不到夜来香的香气，如果一个人白天里心很沉静，就会发现夜来香、桂花、七里香，在酷热的中午也是香的。"

有一位花贩告诉我，清晨买莲花一定要挑那些盛开的，结论是："早上是莲花最好的开放时间，如果一朵莲花早上不开，可能中午和晚上都不会开了。我们看人也是一样，一个人在年轻的时候没有志气，中年或晚年是很难有志气的。"

有一位花贩告诉我，愈是昂贵的花愈容易凋谢，那是为了要向买花的人说明："要珍惜青春呀！因为青春是最名贵的花！"

有一位花贩告诉我……

让我们来体会这有情世界的一切展现吧，当我们有大觉的心，甚至体贴一朵黄玫瑰，以心印心，心心相印，我们就会知道，原来在最近最平凡的一切里，就有最深最奇绝的睿智呀！

莲花与冰冻玫瑰

莲　花

他们都爱莲花。

学生时代，他们一听到什么地方种了莲花，总是不辞路远跑去看莲花，常常坐在池塘岸边看莲看得痴迷，总觉得莲花不管什么样的情况下都是美的。

初开的有初开的美，盛放的有盛放的美，即使那将残未谢的也有一种说不出的温柔而凄清的美丽。

有时候季节不对，莲花不开，也觉得莲叶有莲叶的清俊，莲蓬有莲蓬的古朴。她常自问：为什么少女时代的眼中，莲花有着永远的美丽呢？后来知道也许是爱情的关系,在爱情里,看什么都是美的,虽然有时不知美在何处。

几次坐在池边,他总轻轻牵起她的手,低声地说:"我们可以不要名利财富,以后只要在院子里种一池莲花,就那样地过一辈子。我可以在莲花池边为你写一辈子的诗。"

他甚至在私下把她的小名取作"莲花",说是在他的眼中他永远看见一池的莲,而她的声音正像是莲花初放那一刻的声音。

学生时代他早就是小有名气的诗人了,每天至少写一首诗送她,有时一天写几首,那真像一池盛放的红莲,让她觉得是他的一池莲中最美的一朵。

但她不是唯一的一朵,她知道自己怀孕的时候,他正在外岛服役,她高兴地写信给他说:"我们将会有一朵小莲花。"没想到从此却失去了他的消息。

最后,她把小莲花埋葬在妇科医院的手术台上。

她结婚以后,央求丈夫在前院里开了一个大池塘,种的就是莲花。她细心地、无微不至地照顾那一池莲花,看着莲花抽芽拔高,逐渐结出粉红色花苞;而那样纯粹专一地养着莲花,竟使她生出一种奇异的报复的情愫,每当工作累了后，她就从书房角落的锦盒取出他写过的一叠诗来，一边回味着当年看莲花的心情，一边看着窗外暗影浮动的莲花，自己感觉到那些优美而稚嫩的诗句已随着当年的莲花在记忆里落葬。而眼前，正是一畦新莲，长在另一片土地上，开在另一种心情上。

有时未免落下泪来，为的是她竟默默在实践着少年时代他所留下来的誓言，唯一慰藉自己的是：他讲这誓言的当时应该是充满真挚的吧。

她有着一种无比的母亲的宽容，逐渐地原谅他的离去，她感觉自己的宽容，像水面的莲叶那样巨大，可以覆盖池中游着的鲤鱼。

她手植的莲花终于完全盛开了，她的丈夫也为此而惊叹起来，对她说："我听说，莲花是很难种植的花，必须有无比的坚忍和爱才能种起来，没想到你真的种成了。"她微笑着，默默饮着去年刚酿成的红葡萄酒，丈夫初尝她做的酒，对着满院的莲花说："你这酒里放的糖太少了，有点酸哩！今年可要多放点糖。"她也只是笑，做这酒时有一点恶戏的心情，就像她种莲花时的心境一样。

莲花结成莲蓬，她收成的时候，手禁不住微微地抖颤着,黑色的莲蓬坚实地保卫着自己心中的种子。她用小刀把莲蓬挑开,将那晶莹如白玉的莲子一粒粒地挖出来,放在收藏着他的诗信的锦盒上。莲子那样清洁,那样纯净,就像珠贝里挖出的珍珠,在灯光下有一种处女的美丽,还流动着莲花清明的血。

她没有保存那些莲子,却炖了一锅莲子汤,放了许多许多的冰糖,等待丈夫回来。

丈夫只喝了一口,就扑哧吐了一地,深深皱着眉头问她:"这莲子汤怎么苦成这样?"她受惊地,赶忙喝了一口莲子汤,硬生生地吞了下去,一股无以形容的苦流过她的舌尖,流过喉咙,在小腹里燃烧。

看她受惊,丈夫体贴地牵起她的手说:"莲子里有莲心的,莲心是世上最苦的东西,要先剥开莲子,取出莲心,才可以煮汤。"

她捞起一颗莲子剥开,果然发现翠绿色的莲心像一条虫蛰伏在莲子里面,为此她深深地自责起来,为什么以前她竟不知世上有莲心这种东西。

丈夫拿起桌上的莲心说:"也有人用莲子来形容爱情,爱情表面上看起来是莲子一样,洁白、高贵、清纯,可是剥开以后,有细细的莲心,是世上最苦的东西。如果永远不去吃它,不剥开它,莲子真是世界上最美的果实呢!"

她终于按捺不住,哇啦一声痛哭起来,腹中莲子汤的苦汁翻涌成为她的泪水。那时候她才知道她永远不会忘记陪她看过莲花的人,那个人不只带她看了莲花,还让她是莲子里那一条细长的莲心,十几年后还饮着自己生命的苦汁。

冰冻玫瑰

他认识一位长辈,五十余岁的人了,看起来像刚三十岁的少妇,她的脸上还有少妇一样光灿的神采,由于善于保养的关系,她的身材还维持着可能在他出生以前就有的身材。

每次去看她的时候,他就真正知道时间和岁月并不是多么可怕的东西,总还有抗衡的余地。她是战胜了时间,至少,是和时间拔河,而后来的二十年并没有失去。

她独自居住在一栋大房子里,他每次去,看她坐在窗口,阳光从她脸上抚过,觉得她真是有一种不可言喻的

第三章　无关风月

美，不只她的脸美丽一如少妇，她的眼睛也格外有闪亮的光华，只是她微微布着皱纹的唇角有一种智慧，是少妇不可能有的，虽然他并不明白那是何等的智慧。

她常常请他去谈艺术，喝着她从海外带回来的伏特加酒，那酒看起来清淡如水，饮着，微微有一种苦意，喝入腹中则浓浓地烧炙起来，可以感觉它在血管中流动的速度。他是善饮的人，因此总是劝她少量地饮，但她饮了酒以后却生出一种连少妇都不能有的明媚，一如少女，谈着她对人生未来的期待，她还没有完成的艺术之梦，她对情爱的憧憬。听着的时候总令他忘记她的年纪，深深地为未来的美而感动不已。

有一天清晨，他去探望她，路过一家花店，看到红色的玫瑰开得正盛，就挑了九十九朵玫瑰去送给她，对她说："青春长久。"她接过玫瑰后默然不语，把它们插在一个巨大的盆子里。然后他们坐在玫瑰花边，她涌出明亮的泪水，对他说："已经有十年，没有人送过我玫瑰花了。"

她流着泪，说起了她的一生，三次失败的婚姻，十余次还可以记忆的爱情，以及数千个寂寞凄清的异国之夜，说到最后，她幽幽地说："我的大儿子正好和你同年，看到你，我总是想起自己的孩子。"他陪着她饮完一整瓶伏特加酒，自己的脸上爬满了泪痕。他们相拥痛哭，她拍着他的肩说："孩子，不要哭，孩子，不要哭……"声音喃喃，犹如清晨破窗而入的阳光。

她擦干泪水，微笑地对他说："青春不是玫瑰，青春是伏特加酒，看起来不怎么样，喝光的时候，才知道它的后劲满强的。你是送我玫瑰花的孩子，我会永远记着你。"她醉了，靠在窗口睡着了，他不敢惊动她，看着她泪痕犹湿的侧脸，好像自己已经陪着她，从她的幼年时代，一起经历了一个大时代的变乱，还有无数充满了美丽和哀愁的故事。她像他的母亲一样，带他走过了一座巨大的园林，看到许多尚未愈合的伤口，这些伤口，他们认识五年，她从来没有说过。仅仅是一束玫瑰花，每一朵都有一个故事。

隔了一个星期，他去看她。她进屋不久端出来一盆玫瑰，是他送给她的，却还鲜新如昔，花瓣上还有初摘时一样的水珠。她说："你看，你带来的玫瑰还没有谢哩！"他惊奇地说："呀！没有玫瑰能维持这么久。"

"我把它冰在冰箱里，在冰箱里的玫瑰可以活两个星期以上。"她微笑着说，"你看我的时候，是不是觉得我永

第三章 无关风月

远不会老？不是的，我只是冰冻起来，把我的青春和爱情冰冻起来，让它不至于变化，但是再长就不行了，在冰箱里的玫瑰，放久了，也会谢的。"

那一刻，他才体会到她真是老了，一个年轻的少女不会有把玫瑰冰冻起来的心思，那样无奈，那样绝望。

她似乎猜中他的心思，对他说："其实，我最后的岁月这样准备着：我还要轰轰烈烈地爱一次。我少女的时候曾爱过，但不知道怎么去爱；后来我知道了怎么去爱，我已经过了中年。现在如果我有一次新的爱情，我会全心全意地，把整个人生奉献出去，当这个心愿完成的时候，我一定会在一夜间死去。中年人真心地去爱是会耗尽心力的，就像一株竹子，每一株竹子一生只准备开一次花。年轻的时候，竹子不知道怎么开花，等到它会开花的时候就一次怒放，开完花就死去了。"

他们谈到了爱情，她的结论是这样简单：一个人一生中真正的爱只有一次，我觉得我的那一次还没有到来。

他终于知道她为什么总也不老的原因，那是因为她把二十年的青春冰冻起来，准备着最后一次的殉情，所以她不会老。他知道：她在他的心里是永远不会老的。

后来她去了海外，他路过她的住家附近时，总是为她祈祷，为着青春与爱的不死祈祷。想念她时就记起她说的："一朵昙花只开三小时，但人人记得它的美；一片野花开了一生，却没有人知道它们。宁可做清夜里教人等待的昙花，不要做白日寂寞死去的野花。"

无关风月

对压伤了的芦苇,不要折断;
对点残了的蜡烛,不要吹灭。

有一年冬天天气最冷的时候,我住在高雄县的佛光山上,我是去度假,不是去朝圣,每天过着与平常一样的生活,睡得很迟。

一天,我睡觉的时候忘了关窗,半夜突然下起雨刮起风,风雨打进窗来把我从沉睡中惊醒,在温热的南部,冬夜里下雨是很稀少的事。我披衣坐起,将窗户关上,竟不能入眠。点了灯,屋上清光一脉,桌上白纸一张,在风雨之中,暗夜中的灯光像花瓣里的清露,晶莹而温暖。我面对着那一张本来应该记录我生活的白纸，竟一个字都无法下笔。

我坐在榻榻米上，静听从远方吹来的风声，直到清晨微明的阳光照映入窗，室内的小灯逐渐灰暗下来。这时候，寺庙的晨钟"当"的一声破空而来，当——当——当，沉厚悠长的钟声遂一声接一声地震响了长空，我才深刻地知觉到这平时扰我清梦的钟声是如此纯明，好像人已站在极高的峰顶，那钟声却又用力拉拔，要把人超度到无限的青空之中。那是空中之音，透彻玲珑，不可凑泊；那是相中之色，羚羊挂角，无迹可寻。

我推窗而立，寻觅钟声的来处，不觅犹可，我大大地吃了一惊，只见几不可数的比丘和比丘尼，都穿着整齐的铁灰色袈裟，分成两排长列，鱼贯朝钟声走去。天上还下着小雨，他们好像无视这尘世的风雨，一一走进了钟声的包围之中。

比丘和比丘尼们都挺直腰杆，微俯着头。我站在高处，看不见任何一个表情，却看到他们剃得精光的头颅在风雨迷茫中闪闪生亮；一刹那，微微的晨光好像便普照了大地。那一长串钟声这时美得惊心，仿佛是自我的心底深处发出来。接着，诵晨经的声音从诵经堂沉厚地扬散出来，

第三章　无关风月

那声音不高不低，不卑不亢，使大地在苏醒中一下子祥和起来。微风吹遍，我听不清经文，却也不免闭目享受那安宁的动人的诵经声。

那真是一次伟大的经验，听晨经，想晨经，在风雨如晦的江湖一间小小的客房中。

对于出家人，我一向怀有崇仰的心情，因为我深切地知道，他们原都是人世间最有情的人，而他们物外的心情，是由于在人世的涛浪中醒悟到情的苦难、情的酸楚、情的无知、情的怨憎以及情所能带给人无边的恼恨与不可解，于是他们避居到远远离开人情的深山海湄，成为心体两忘的隐遁者。

可是，情到底是无涯无际地广辽，他们也不免有午夜梦回的时刻，有寂寞难耐的时刻，这时便需要转化，需要升华，需要提醒。暮鼓晨钟在午夜梦回之后的清晨、在彩霞满天引人遐思的黄昏提醒他们，要从情的轮回中跃动出来，从无边的苦中惊觉清净的心灵。诵经则使他们对情的牵系转化到心灵的单一之中，从一遍又一遍单调平和的声音里不断告诫自己、洗练自己从人世里超脱出来。而他们的升华，乃是自人世里的小情小爱转化成为世人的大同情和大博爱。

到最后，他们只有给予，没有收受，掏肝掏肺地去爱一些从未谋面的、在人世里浮沉的人。如果真有天意，真有佛心，也许我们都曾在他们的礼赞中得到一些平和的慰安吧！

然而，日复一日的转化、升华和提醒是如此地漫长无尽，那是永远不可能有解答，永远不可能有结局的。虽然只是钟声、经声以及人间的同情，却不是很容易的事。

我想到，人要从无情变成有情固然不易，要由有情修得无情或者不动情的境界，原也是这般地难呀！

苦难终会过去的。比丘和比丘尼诵完经，鱼贯走回他们的屋子，有一位知客僧来敲我的门，要我去用早膳。这时我发现，风雨停了，阳光正在山头一边孤独的角落露出脸来。

布袋莲

七年前我租住在木栅一间仓库改成的小木屋，木屋虽矮且破，我却因风景无比优美而觉得饶有情趣。

每日清晨我开窗向远处望去，首先看见的是种植在窗

第三章 无关风月

边的累累木瓜树，再往前是一棵高大的榕树，榕树下有一片田园栽植了蔬菜和花，菜园与花圃围绕起来的是一个大约占半亩地的小湖。湖中不论春夏秋冬，总有房东喂养的鸭鹅在其中游嬉。

我每日在好风景的窗口写作，疲倦了只要抬头望一望窗外，总觉得胸中顿时一片清朗。

我最喜欢的是小湖一角长满了青翠的布袋莲。布袋莲据说是一种生命力强的低贱水生植物，有水的地方随便一丢，它就长出来了，而且长得繁茂强健。布袋莲的造型真是美，它的根部是一个圆形的球茎，绿的颜色中有许多层次。它的叶子也奇特，圆弧似的卷起，好像小孩仰着头望天空吹着小喇叭。

有时候，我会捞几朵布袋莲放在我的书桌上。它没有土地，失去了水，往往还能绿很长的一段时间，而且它的萎谢也不像一般植物，而是由绿转黄，然后慢慢干去，格外惹人怜爱。

后来，我住处附近搬来一位邻居，他养了几只羊，他的羊不知道为什么喜欢吃榕树的叶子，每天他都要折下一大把榕树叶去喂羊。到最后，他干脆把羊绑在榕树下，爬到树上摘榕叶。才短短几个星期，榕树叶全部被摘光了，剩下光秃秃的树枝，在野风中摇摆褪色的秃枝。我憎恨那个放羊的中年汉子。

榕树吃完了，他说他的羊也爱吃布袋莲。

他特别做了一支长竹竿来捞取小湖中的布袋莲，一捞就是一大把，一大片的布袋莲没有多久就全被一群羊儿吃得一叶不剩。我虽曾几次因制止他而生出争执，但是由于榕树和布袋莲都是野生，没有人种它们，它们长久以来就生长在那里，汉子一句话便把我问得哑口无言："是你种的吗？"

汉子的养羊技术并不好，他的羊不久就患病了，不久，他也搬离了那里，可是我却过了一个光秃秃的秋天，每次开窗就是一次心酸。

冬天到了，我常独自一个人在小湖边散步，看不见一朵布袋莲，也常抚摸那些被无情断送的榕树枝，连在湖中的鸭鹅都没有往日玩得那么起劲。我常在夜里寒风的窗声中远望在清冷月色下已经死去的布袋莲，心酸不已，我想，布袋莲和榕树都在这个小湖里永远地消失了。

熬过冬天，我开始在春天忙碌起来，很怕开窗，自己躲在小屋里整理未完成的文稿。

有一日，旧友来访，提议到湖边去散步，我讶异地发

第三章　无关风月

现榕树不知在什么时候萌发了细小的新芽,那新芽不是一叶两叶,而是千株万株,凡是曾经被折断的伤口边都冒出四五朵小小的芽,使那棵几乎枯去的榕树好像披上一件缀满绿色珍珠的外套。布袋莲更奇妙了,那原有的一角都已经铺满,还向两边延伸出去,虽然每一朵都只有一寸长,因为低矮,使它们看起来更加绵密,深绿还没有长成,是一片翠得透明的绿色。

我对朋友说起那群羊的故事,我们竟为了布袋莲和榕树的重生,快乐地在湖边拥抱起来。为了庆祝生的胜利,当夜我们就着窗外的春光,痛饮得醉了。

那时节,我只知道为榕树和布袋莲的新生而高兴,因为那一段日子活得太幸福了,完全不知道它有什么意义。

经过几年的沧桑创痛,我觉得情感和岁月都是磨人的,常把自己想成是一棵榕树或是一片布袋莲。情感和岁月正牧着一群恶羊,一口一口地啃噬着我们原来翠绿活泼的心灵,有的人在这些啃吃中枯死了,有的人折败了。枯死与折败原是必有的事,问题是,东风会不会来、会不会能自破裂的伤口边长出更多的新芽?

当然,伤口的旧痕是不可能完全复合的,被吃掉的布袋莲也不可能重生。不能复合不表示不能痊愈,不能重生不表示不能新生，任何情感与岁月的挫败，总有可以排解的办法吧！

我翻开七年前的日记，那一天酒醉后，我歪歪斜斜地写了两句话：

要为重活的高兴，

不要为死去的忧伤。

片片催零落

从小，我就是个沉默但好奇的孩子，有什么好玩的事总是瞒着父母奔跑去看，譬如听说哪里捕到一条五脚的乌龟，我是冒着被人踩扁的危险也要钻到人丛中见识见识；有时候听到什么地方卖膏药的人会"杀人种瓜"的法术，我马上就背起书包，课也不上了，跑去一探究竟。爸爸妈妈常常找不到我，因为他们找我去买酱油的时候，说不定我正躲在公园的树上看情侣们的亲密行为。

我的这种个性，使我仿佛比同年纪的同学来得早熟一些。我小时候朋友不多，有的只是一起捣鸟巢、抓泥鳅、

第三章 无关风月

放风筝的那一伙，还有一起去赶布袋戏、歌仔戏、捡戏尾仔的那一票，谈不上有几个知心的朋友。我总觉得自己的思想比他们"高段"一些，见识比他们广博一些。

小学四年级的时候，我们家附近一位大户人家要捡骨换坟，几天前我就在大人们的口中知晓暗记下日期和地点。时间到的那一天，我背起书包装出若无其事地去上学，走到一半我就把书包埋在香蕉园中，折往坟场的方向去看热闹。

在我们乡下，捡骨是一件不小的事。要先请风水师来看风水，选定黄道吉日，做一场浩浩荡荡的法事，然后挖坟、开棺、捡骨，最后才重新觅地安葬。我到坟场的时候，已经聚集了许多严肃着面孔的大人，为了怕被发现，我就躲在山上的高处静静观看。

那时候棺材已经被挖出来了，正正地摆在坟坑旁边画线的位子里，我看着那一口红漆已经剥落得差不多的棺木，原来在喃喃私语的大人们一下子安静下来，等待道士做完开棺典礼的法事。终于，道士在地上喷出了最后一口水，开棺的时刻到了。

咿呀一声，棺木的盖子被两个大汉用力掀开了。哗，山下传来一声喊叫到一半突然煞住的惊呼声。我张眼一看，

思想的天鹅

大吃一惊,原来那被掘出来的老婆婆的容颜竟还像活着一般,灰白的头发梳理得整整齐齐,灰白的脸容上有一层缩皱的皮,身上穿的是黯蓝色的袍子,绲着细细的红边,颜色还鲜艳得如新缝的一般。所有的人停止了一切声息,我则被吓呆了。那时清晨的瑞光大道,正满铺在坟地里,现出一个诡异精灵的世界。

正在我出神的当儿,听到有人呼喝我的名字,猛一回头,突然看到我四年级的级任老师站在背后的山下喊我,他一定是在同学的告密下来逮捕我了。我几乎是反射般地跳了起来,往前逃奔而去,边跑还边回头看那位棺中的老妇,眼前的景象更是让人骇异,老妇的头发和面皮都褪落了,只剩下一颗光秃秃的头颅;她的衣裳也碎成一片一片,围绕在棺里的四周,仅剩摆得端端正正的一副白骨。我揉揉眼睛再看,还是那幅景象,从我回头看到老师,再转头看老妇之间不到一分钟的时间,竟是天旋地转,人天互易。

回家后,我病了两个星期,不省人事,脑中一片空白,只是老妇的瞬间变化不断地浮出来。最后还是我的级任老师来探望我,解释了半天氧化作用,我的心情才平静,病情也开始有了起色。可是,这件事却使我对"不朽"

的看法留下一个深刻的疑点,长得越大,那疑点竟如泼墨一般,一天比一天大。

后来我读到了佛家有所谓"白骨观"的说法,人的皮囊真是脆弱无比,阳光一射,野风一吹,马上就化去了,只留下一堆白骨。有时翠竹尽是真如,有时黄花绝非般若,到终了,什么都不是了。寒山有诗说:"万境俱泯迹,方见本来人。"恐怕,白骨才是本来的人吧。

人既是这样脆弱,一片片地凋落着,从人而来的情爱、苦痛、怨憎、喜乐、嗔怒,是多么地无告呢?当我们觅寻的时候,是茫茫大千,尽十方世界觅一人为伴不得;当我们不觅的时候,则又是草漫漫地,花香香地,阳光软软地,到处都有好风漫上来。

这实在是个千古的谜题,风月不可解,古柏不可解,连三更初夜历历孤明的寒星也不可解。

我最喜爱的一段佛经的故事说不定可解:

梵志拿了两株花要供佛。

佛曰:"放下。"

梵志放下两手中的花。

佛更曰:"放下。"

梵志说:"两手皆空,更放下什么?"

佛曰:"你应当放下外六尘,内六根,中六识,一时舍却。到了没有可以舍的境界,也就是你免去生死之别的境界。"

无声飘落

春天的午后,无风,他们沉默地走在笔直的大路上,不时对望一眼,一句话在喉边转动,又随着眼神逃开。

路两旁的木棉花红透了,一种夕阳将要落下的颜色。他们走到路口等红灯时,两朵硕大鲜红的木棉花突然掉落,啪嗒一声同时落地,各往两边滚开,然后静止了。他看那两朵鲜红似昔的木棉花,本来长在同一株树上,一起向春天开放,落下时却背对着背。他知道落下的木棉花再美,也很快就会枯萎了。

过马路的时候,他小心牵起她的手,感觉到她手里汗水的感觉,他说:

"在我的故乡,五月的时候,木棉花都结果了,坚硬得像木头一样。六月,它们在空中爆开,棉絮像雪,往四边飞落。我经常在棉花裂开那一刹那,在空中奔跑抓棉絮,不让它落在地上,最后,大部分棉絮还是落在地上……"

说着,他回望她,不知何时她的眼睛竟红了。他捏捏她的手,说:"台北的木棉树只开花而不结果,当然没有棉絮,你看过棉絮吗?"她一摇头,两串泪急速爬过脸颊,落在地上。他看着地上的泪迹,知道他们是完全不同的两种人,生活在各自不同的世界,那是从她宁可去做缎带花而不肯陪他看木棉花时就知道了。他于是在心底真心地祝福着她。

到下一个街口,他站定了,她还茫然。他说:"这是这条路上最美的一株木棉,就在这里送你走吧!"她未曾移步,他抬头看那株崇高的木棉,花已经落尽,枯干似的枝丫互相对举。他感觉到落了花的木棉树,形状像是他送她的一株珊瑚,心在那一刻抽痛起来。多年的情感如同木棉的棉絮,有非常之美,春天一过,它就裂开,四散飘飞,无声落地。

她说:"我把你的订婚戒指弄丢了,不能还你。"

他说:"没关系,别人送的一定更好。"

她哪里知道,那是他学生时代花一整个暑假在梨山做工赚来的,那时他走完一整条木棉大道才找到那只戒指。虽是纯金,却没有金的灿亮,颜色像是春秋战国时期的青铜。他从来没有对她说过做苦工的情景,他想,永远也不会说出了吧!

她说:"相信我,你是我见过最好的人,再也不会有人像你这样爱我了……"她的泪又流下,他笑笑,伸手为她拦车,直到看见她在街的远处消失,才忍不住有鼻酸,往来路走回家。

回到第一个街口,看到原先两朵落下而背对的木棉花还在。他默默地捡拾起来,将两朵花套在一起,回家时放在桌上。他那一夜,什么事也不做,就看着木棉一分一分地萎落。

晨曦从窗外流进来的时候,木棉花已经完全枯萎了,他想起这两朵木棉花如果在南部的故乡会长成棉果,往八方飘飞棉絮;如果遇到肥沃的土地,会生长出新的木棉树。这些,她永远不会懂的。他眼前突然浮现她最后流泪的样子,这是多年来第一次看她流泪,他最初的爱仿佛随她的泪落在地上,才知道,她的泪原是一种结局,像春末萎落的木棉花。

欢乐悲歌

带孩子从八里坐渡轮到淡水去看夕阳。

八里的码头在午后显得十分冷清,虽然与淡水只是一水之隔,却阻断了人潮,使得码头上的污染没有淡水严重。沿海的水仍然清澈,可见到海中的游鱼。一旦轮渡往淡水,开过海口的中线,到处漂浮着垃圾,海面上飘来阵阵恶臭。

到了淡水,海岸上的人潮比拍岸的浪潮还多,卖铁蛋、煮螃蟹、烤乌贼、打香肠、弹珠汽水的小贩沿着海岸,布满整个码头。人烟与油烟交织,甚至使人看不清楚观音山的棱线。

许多父母带着小孩,边吃香肠边钓鱼。我们走过去,看到塑胶桶子里的鱼最大的只有食指大小,一些已在桶中奄奄一息,更多的则翻起惨白的肚子。

"钓这些鱼做什么?要吃吗?"我问其中一位大人。

"这么小的鱼怎么吃?"他翻了一下眼睛说。

"那,钓它做什么?"

"钓着好玩呀!"

"这有什么好玩呢?"我说。那人面露愠色,说:"你做你的事,管别人干什么呢?"

我只好带孩子往海岸的另一头走去,这时我看见一群儿童在拿网捞鱼,有几位把捞上来的鱼放在汽水杯里,大部分的儿童则是把鱼捞起倒在防波的水泥地上,任其挣扎跳跃而死。有一位比较大的儿童,把鱼倒在水泥地,然后举脚,一一把它们踩踬,尸身黏糊糊地贴在地上。

"你在做什么?"我生气地说。

"我在处决它们!"那孩子高兴地抬起头来,看到我的表情,他也吃了一惊。

"你怎么可以这样残忍,万一你这样做也要被处决呢?"我激动地说。

那孩子于是往岸上跑去,其他的孩子也跟着跑走了,在他们远去的背影上,我看见他们的制服上绣着"文化小学"的字样。原来他们是淡水文化小学的学生,而文化小学是坐落在古色古香的真理街上。

真理街上文化小学的学生为了好玩,无缘无故处决了与他们一样天真无知的小鱼,想起来就令人心碎。

我带着孩子沿海岸抢救那些劫后余生的小鱼,看到许多已经成为肉泥,许多则成了鱼干,一些刚捞起来的则在翻跳喘息,我们小心地拾起,把它们放回海里,一边做,一边使我想到这样的抢救是多么渺茫无望,因为我知道等我离开的时候,那些残暴的孩子还会回来。他们是海岸的居民,海岸是永无宁日的。

我想到丰子恺曾在一篇文章里写道:"顽童一脚踏死数百蚂蚁,我劝他不要,并非爱惜蚂蚁,或者想供养蚂蚁,只恐这一点残忍心扩而充之,将来会变成侵略者,用飞机载了重磅炸弹去虐杀无辜的平民。"这种悲怀不是杞人忧天,因为人的习气虽然有很多是从前带来的,但今生的熏习也足以使一个善良的孩子成为一位凶残的成人呀!

就像古代的法庭中都设有"庭丁",庭丁一向是选择好人家的孩子,也就是"身家清白"的人担任,专门做鞭笞刑求犯人的工作。这些人一开始听到犯人惨号,没有不惊伤惨戚的;但打的人多了,鞭人如击土石,一点也没有悲悯之心。到后来或谈笑刑求，或心中充满恨意，或小罪给予大刑；到最后，就杀人如割草了。净土宗的祖师莲池大师说到常怀悲悯心，可以使我们免于习气熏染的堕落，他说："一芒触而肤栗，片发拔而色变，己之身人之身疾痛痒宁有二乎？"

我们只要想到一枝芒刺触到皮肤都会使我们颤抖，一根头发被拔都会痛得变色，再想到别人所受的痛苦有什么不同呢？众生与我们一样，同有母子，同有血气，同有知觉，它们会觉痛、觉痒、觉生、觉死，我们有什么权利为了"好玩"就处决众生，就使众生挣扎、悲哀、恐怖地死去呢？

有没有人愿意想一想我们因为无知的好玩、自以为欢乐，造成众生的悲歌呢？

沿着海岸步行，我告诉孩子应如何疼惜与我们居住于同一个地球的众生。走远了，偶尔回头，看见刚刚跑走的真理街文化小学的孩子又回到海边，握着红红绿绿的网子，我的心又为之刺痛起来。

"爸爸，他们怎么不知道鱼也会痛呢？"我的孩子问说。我不知道如何回答，而默然了。

记得有一位住在花莲的朋友曾告诉我，他在海边散步时也常看到无辜被"处死"的小鱼,但那不是儿童,而是捞鳗苗或虱目鱼苗的成人,捞网起来发现不是自己要的鱼苗,就随意倒在海边任其挣扎曝晒至死。朋友这样悲伤地问:

"为什么?为什么不能轻移几步,把它们重新放回海上呢?"

可见,不论是大人或小孩,不论在城市或乡村,有许多人因为无知的轻忽制造着无数众生的痛苦以及自己的恶业。大人的习染已深,我执难改,这是无可如何的事,可是,我们应该如何来启发孩子的悲怀,使他们不致因为无知而堕落呢?以现在的情况来看,由于悲怀的失去,我们在乡村的孩子失去了纯朴,日愈鄙俗;城市的孩子则失去同情,日渐奸巧。在茫茫的世界,我们的社会将要走去哪里呢?

"人是大自然的癌细胞,走到哪里,死亡就到哪里。"我心里浮起这样的声音。

原来是要带孩子来看夕阳的,但在太阳还没有下山前,我们就离开淡水了,坐渡轮再返回八里去。在八里码头,不知何时冒出一个小贩,拉住我,要我买他的"孔雀贝",一斤十元,十一斤一百元。

我看着那些长得像孔雀尾羽的美丽蛤类，不禁感叹："人不吃这些东西，难道就活不下去了吗？"

我牵着孩子，沉重地走过码头小巷，虽无心于夕阳，却感觉夕阳在心头缓缓沉落。

人如果不能无私地、感同身受地知觉到众生的苦乐，那么无缘大慈、同体大悲只不过是虚空飘过的风，不能落实到生活，不能有益于生命呀！

文明是因智慧而创发，但文化则是建立于人文的悲悯。

菩提道是以空性为究竟，但真理则以众生的平等与尊重起步。

"文化小学"在真理街上。

"文化"则在夕阳里，一点一点地失去光芒，在山背间沉落下去！

合欢山印象

雪

只要独自在雪地上一站,旷古以来的落拓豪迈像是不尽的白雪,自遥远的历史中那英雄的胸怀走进自己的血脉深处来。

有一天凌晨,我被敲窗的冷雪惊醒。朔风野大,我赤足推门而出,站在松雪楼巨大的横匾前,一双足就僵在雪地上,满天望也望不尽的雪,隐约能看见东峰上争扬向上的松针。我惊愕于世界的神奇,竟出神地望着远方,纵任雪雨滴滴点点打在脸上,一直到外套湿了,才讪讪然回到松雪楼中。

那一夜无论如何也睡不着觉了，熄灯中宵静坐，思想起远方的家人，思想起念念眷眷的爱侣，思想起这样的风雪仿佛在地理课本上、历史课本上读过，仿佛在若干年前老祖父的故事里听过，终至思绪起伏，不能自已。

我深深知道这个世界是个有情世界，即使是一棵短竹在雪地里长得峥嵘，一棵青松在冰雪之巅傲然矗立，都在在显示天地有情。风雪有时不免是困难和险阻的象征，却可以因此成就一个人的品性。

这些时日的单独思考，使我的心怀犹如千山万壑中的涓涓细流，许多人物在其中流荡、成形。他们的笑与爱与举止都还清晰地印在心底深处，就连那些景物也仍紧紧和我的心牵连着。

即使此刻，我就着晨光坐在庭前，合欢山在白雪中升起的曦阳仿若还在远处伸手召唤我，像早前我清晨推窗的时候。

炉 火

在晚来欲雪的天候里，"红泥小火炉，能饮一杯无？"是一种多么中国、多么高旷的境界！

第三章 无关风月

合欢山的雪夜离不开炉火，尤其在风雪怒吼松涛响彻时，独自围守火炉，或静坐读书，或执笔写信，或什么也不做，只听着松涛雪声，默默地思考，火炉中的炭常衬着窗槛上的雪声展现它暖和的面貌，让我倍觉能静静坐在火炉旁已是莫大的幸福了。

小时候住在山上，虽说四季如春，一到冬季也有亚热带的冷寒。那时候祖父母都很老了，在冬天里常年提着一只褐陶的小火炉，里面厚厚一层洁白的炉灰，上有烧红的木炭，在厅中庭前散发出橙红色的光泽。火炉上还有一个手工刻制的雕花精致提把。

由于有这样一只小小火炉，祖父祖母整日形影不离地围着火炉取暖，害我小小年纪就憧憬爱情，相信只有它是人世里唯一老而弥坚的。也因为有这个小小火炉，所有的小孩、猫狗，甚至飞蛾小虫都喜欢祖父母，镇日围绕着他们跑。有时候被缠腻了，祖父就会笑着把我们提起来打屁股，说："小孩子屁股三斗火，跟老人家烤什么火？走开，走开。"

老了的祖父喜欢说他的一千零一个故事，尽管他说的故事我们都听过许多次，还是爱听，甚至在他不说时吵着他说，而且津津有味地听着。后来长大了我才知道，我们不是想听那些故事，而是在听着一种温馨、一种怀念、一种慈爱的语言。瘦小的祖母常在一旁静静仰脸看藤椅上的祖父,她的脸上有爱和为子孙劳累的皱纹。

后来祖父去世了,他去世时房角还摆着那只火炉,但是里面没有炭火,只有苍白的炉灰。为了怕祖母触景伤情,家也从竹林相思林中搬到公寓里来,原来沉默的祖母变得更沉默了,清晨到夜深,时时坐在沙发椅的角落不停地织毛线,有时候终日不说一句话。

有一年冬天天冷,祖母的腰常常痛。妈妈想起很早很早那只褐陶的小火炉,于是大家开始忙着找那只火炉。把家里翻遍了也没有找到,大概是搬家的时候弄失了。爸爸瞒着祖母偷偷在房里安了暖气机,祖母也不说什么,我却知道她心里是不高兴的。

好几次我回到故居想找那火炉,老屋变得残破,住着的许多闲杂的人打消了我的念头。我想到,祖父是那火种,即使真能找回火炉,对于祖母或者会有更多的伤情吧!到那时我才第一次体会到什么叫"生死不渝"。小小火炉的遗失,祖父的死,把我的童年、藤椅、火炉的许多记忆都拉远了。然而我想起火炉时,对情爱便有很深的体悟。

我喜欢火炉,喜欢中国的东西,时时期盼未来的家中有张八仙桌,有个火炉。八仙桌要有古意,炉火要不熄,可以在炉旁读书写作,或把木炭轻轻地一块一块加在炉里。只希望有座小楼,不要公寓,这样,即使在严寒的冬天,也能望见远方的青葱绿树,或者在园子里辟个小小莲花池,看田田莲叶撑一池生动的绿。只要有火炉和爱,我们就会不怕隆冬,不怕冰雪封冻了大地。

合欢山的天气是宜于烤火的,宜于让人沉醉在清瑟晚风里的温暖。黄昏时,我在炉里填了火,"炉边更觉斜阳好,松下遍闻晚吹清"两句话从炉火中酝酿出来。有那样一炉火,我便不怕天恶,依然可以在屋里读书。

有一天天清,我只盖一条毛毯就依在炉边睡着了。夜里醒来,月光映着雪意从窗玻璃探着进来,我遂在桌上写下了题一幅画的两句诗:

山南山北雪晴,
千里万里月明。

雾社松雪楼

日落时分,我从松雪楼徒步走下滑雪会。晚来天凉,雾自四面八方涌来，使原来银色的山变得更洁净。

再从滑雪会走回松雪楼时，雾变得好浓，看不见前面的松雪楼。走在山坡路上，一回头，雾不知何时已散去，可清楚见到滑雪会。这儿的雾来得迅速，去得也快，从滑雪会到松雪楼的路并不长，正好面对奇莱山，景色十分好。

天晴时可以觉出山之高、云之浮、雪之白润。云里连着海气，风里带着潮声，落木千山天远大。有时候残雪零星，更多的白在更高的山中藏在更深的松林里，所以我喜爱独自静静地踱步，一任冷风扑面。

有一回从滑雪会走回松雪楼，忽然察觉路上有一层雾，一下子浓了过来，一下子又散了开去。那真是一种奇妙的经验，仿佛走进一个雾帐，雾自发边流过、自耳际流过、自指间流过都感觉得到；又仿佛行舟在一条雾河，两旁的松涛声鸣不住，轻舟一转，已过了万重山，回首再望，已看不见有雾来过，看不见雾曾在此驻留了。

有过那一次经验，我便喜欢黄昏走那条有雾的路上。竟有一两次，斜阳犹未落尽，雾已经升起了。远远一排青山，青山有山岚，与天云连成一气。无雾时雪地的霁静，有雾时空山的雅致，害我多次忘记雪寒，流连着不忍离去。

合欢山落雪的日子不多，但地上总是有雪。每天清晨，晨鸟轻啼，我便起身推窗，推出一片迷离，推开一个宇宙，然后开始一天的日课。晨雾总喜欢在松雪楼驻足，伴我等待朝阳初升，等到那轮火红自山头滚跃而起，它便走到云山千里之外。可是我知道它曾在楼畔守护终夜，把昏暗的夜色守成莹洁。

常常忆起喜爱雾是在去年秋季，在溪头夜游，我坐在竹桥上等日出，竟先等到雾浓，在林间穿梭不去。一直到太阳照得好高，雾色还是凄迷，阳光洒在雾上反射出迷人的七彩。我漫步林间，像是着了一件轻纱，兀自在古树下轻盈地舞跃，不禁想起"夜半来，天明去，来如春梦不多时，去似朝云无觅处"这阕词，来自空灵的复归空灵，来自平静的复归平静，只是雾色总是美在云深不知处呀！

有一位服务员告诉我，合欢山最美的季节是夏季，十分令我咋舌，他说："冬天里人潮汹涌，破坏了许多景致。夏季的合欢山很空静，古木千层天籁响，奇峰万迭夕阳明，是一年最好的季节。"我报以微笑，心想他一定没有在雪霁初晴时看过松雪楼的雾色，一定没有在有雾时体会过千里长松、夕阳山色。

我拥有满楼满山满谷的雾色，不去想那连着天边的归路，不去想隔着那么多山那么多水的世事茫茫，只有那一刹那，我感觉，天上的云和地上的草木是相干的，可是或许，连那一点也不相干了。

究竟人生要行过多少次雾帐呢？

熊的足迹

从燧人氏第一次取到火种，这个世界就不再是原来的世界了。

松雪楼的林伯伯说几年前他刚上合欢山，经常在山间在松林里，甚至在松雪楼门口看到熊。渐渐地，很难再看到熊了，只能偶尔在雪地上看到熊留下的一畦畦的足印。

自那一次听到熊，我就梦寐地希望能在山前山后看见熊的影响，或者仅仅是几个粗朴的足印。尤其是清晨、傍晚和人稀声少的深夜，我喜欢独自在松雪楼四周悠闲地漫步，希望能有意外的收获，可是回来的时候总是带着失望，偶尔有不畏冷的山鸟凌虚御空，留下一声清越的鸣唱，我也会很高兴，像是找到有关熊的一些什么。

有好几次，我倚在窗口读书时想，熊也许就在附近吧！它们或许正在窥视，它们不知道有一个善良的男孩在默默中和它们有了约会，衷心企盼着它们的来访。即使它们黑棕色的身影只肯在雪地上走过，即使是远远地看不真切，我也会满足。

我喜欢熊和其他动物一样，可是熊逐渐消失，它所能活动的范围也愈来愈小了。终于有一天，熊的故事和熊的形迹会成为美丽的传说，在合欢山里一代一代被流传下来。年轻的孩子只能像我，或坐在窗口，或坐在檐下，遥望雪天相接而轻轻地喟叹吧！或者后来的人比我更不幸，连山鸟点在蓝天上、云外一声过的轻妙都看不见哩！

水流树生、花开结果和生老病死是相同的道理，然而人类常常为了自己的利益，而伤害了其他。我常会感叹，人是多么渺小的动物呀！许许多多轰轰烈烈的英雄和美人都过去了，许许多多轰轰烈烈的成功和失败都过去了。我们在做什么？我们留下了什么呢？

秦始皇并吞六国，统一车书；曹孟德带八十万人马下江东，舳舻千里、旌旗蔽空。这些惊心动魄的成败对我们有什么意义？妲己美色亡商纣，西施倾吴复越国，杨贵妃缢死马嵬坡竟至花钿委地无人收，这些倾国倾城落雁沉鱼的绝色风姿，除了留下一个凄凉的名字，对我们又有什么意义？

我在展读史书时，除了几声感叹，不知还能说些什么，竟宁可合上书轻闻扉页散放出来的馨香，一册书竟然神秘地记载千万年人物的生死存亡。同样地，一条河、一座山、一块石头，甚至一棵树，在张眼闭眼之间也许就看尽风流总被雨打风吹去了。或者熊的几个足印留在人们脑中的美丽印象还胜过一位叱咤风云的一世雄主哩！

之所以喜爱合欢山，并不只是因为它有许多和熊相同的传说，更重要的是，它保存了所有大自然的颜色和形貌——蓝色的天、顽强的石头、坐在石缝里更顽强的松。山头上的鹰、奔跃在林间的松鼠，生命弥漫在整个山上。我喜欢去感觉那种活泼的声息，也许真有一天我会在雪地上见到一头熊，从许久以前的历史和传说中走来。

日落合欢山

我爱雪，爱青松，也爱落日，可是血红的夕阳落过群山落过青松落进一片茫茫白雪的情景，以前只在梦里见过。合欢山是梦境的重现，所以我总是舍不得，舍不得在日头落山时，离开松雪楼前可以悄悄欣赏落日的位置。

第三章　无关风月

合欢山即使是太阳高照，仍然抵不住四处拥来的寒意，因此坐在草地上晒太阳，是一种很可贵的享受。

太阳移动的速度很快，平常不觉得，到它落在山边、又舍不得它沉进森林的黑里才感觉到。夕阳的深橙色、地上的银白色、山里的靛青色在合欢山交织成缤纷的色彩世界，粗看是各色独立，细细品味才知道这些颜色是浑然而一的，尤其是那白而晶亮的雪地，在夕阳中竟说出一种淡淡的橘，一种很清亮的古典。

靠在藤椅上看太阳躺进它的眠床，遥望雪地，滑雪的人休息了，玩乐的人在找栖息的地方。夕阳在此刻仿佛是一种耳语，怕被第三个人听见，用它轻柔的语言诉说它的光华，说它的生命永远不会死亡，说："我就要休息了，明天请允许我轻叩你的窗子。"说它工作了一天，需要一夜的休息，它告诉我宇宙时空循环的不朽道理。

放眼无际的云天万叠，我不禁感叹，在悠久无穷尽无起始的时间中，个人的生命不过是电光一闪，流星稍纵；在广大无垠圆整无缺的空间中，个人又如沧海一粟，戈壁细沙。个人有什么可以自豪的，当面对这样的浩浩宇宙朗朗乾坤？

我看夕阳，思及人世间的许多道理，总要想起明朝于谦的一首诗：

千锤万凿出深山，烈火焚烧若等闲。

粉骨碎身浑不怕，要留清白在人间。

　　曾有一阵子，寒流来袭，山上终日飘着细柔的雪花，门口的雪一天厚过一天，终于厚成半透明的冰。许多年轻人冒那样的冷寒在雪地里打雪仗，做雪人，甚至滑雪。可是雪下久了，我心里总是倦倦的，只能倚在窗前安静地读书，那时候确是在祷祝，希望第二天能有太阳。

　　有时候晨光起时艳阳高照，一到下午，天色蒙上一层浓浓的灰，雪花飘下来，看夕阳的希望又被雪花浇熄了。又有时候竟会无端飘来许多黑云，没有阳光，也不下雪，只是郁沉沉的。每回遇到这样的天候我就会想：天意是在如此可解与不可解之间呀！

　　可是我相信，最美的太阳总是落在合欢山的怀里。

岁月与脸

　　最粗老的树皮在四月的春光中也能长出最翠绿的嫩芽，冬日的雪花飘聚在小屋上映着星光也能闪烁璀璨的色泽。一年中的每一季总会给大地带来一些刻痕，这些刻痕都处处显出不同的美。

季节之于人，是岁月，把刻痕写在人的脸上，是许多粗细不同的皱纹。我喜欢看人的皱纹，看岁月在生活中的累积，因为有的人的一条皱纹也许就等于我的一生了。

松雪楼的厨师巫伯伯脸上就有很多岁月所写上的痕迹，一位服务人员说："巫伯伯的每一条皱纹都是救了几个人累积成的。"

巫伯伯的年纪已经不小了，他两鬓的白发像是合欢山的冰雪，远看近看都有银亮，然而他的脸上竟还长着两道年轻而上扬的眉。巫伯伯有一颗善良而热切的心，他把上山的年轻人都当成自己的孩子，一听到有人在山里迷失，他会不顾风雪地去抢救。

有一夜，风雪很大，能见度还不到十米，厨师巫伯伯说他隔着风雪听到呼救的声音，于是不顾任何人的劝告，披上雨衣便一步一步隐没在风雪之中。许多人围着窗口茫然看着远方，以为他再也不会回来了。

经过很久，巫伯伯背回来一个奄奄一息的年轻人。大家忙着抢救，等抢救工作告一段落，大家又找不到巫伯伯了，有人说看到他苍白的脸色，有人说看见他身上厚厚的雪花，更有人说看见他抖颤的双腿，于是大家又焦急地望着窗外，再度以为巫伯伯会在风雪中结束他的生命。

　　天快亮时，大家等到了巫伯伯，他背着一个年轻人昏倒在松雪楼门口的阶梯上。

　　那一次，巫伯伯生了一场大病，他所抢救的年轻人早已痊愈，他却还僵硬地躺在床上。终于他醒了，很急切地抓住照护他的人的衣襟！

　　"那两个人呢？他们活了吗？"随即又昏沉过去，闻听的人不禁都动容地流下泪来。

　　巫伯伯脸上的皱纹像是成根在地里的老树，里面刻了很多历史、很多令人感奋的故事。正如知道巫伯伯的人所说的，那每一条皱纹都是几个人的生命刻画上去的。

　　巫伯伯是伟大的，虽然他像很多平凡老百姓一样，只受过很少的教育，却常为了救人，忘却风雪，忘却危难，甚至忘却了自己。

　　看他的脸，可以读到很多纵横交错的春秋，可以读到很多让人含泪的事迹。看到他，我总是想起古书上的一段话："高山仰止，景行行止，虽不能至，而心向往之。"

　　对巫伯伯，这该不是一段赞语了。

落　幕

许许多多事情只是印象，一些不必深究的印象。

我在合欢山，便像雪片偶然落在山坡上。明年有明年的雪、明年的雾色、明年的永无休止的阳光，还有明年数不尽的生机。

即使暴风雪来袭，我仍相信天地有情——只要有爱，就有希望。

我的眼睛不是彩色的相机，但是我记得那是个有颜色的冬天，有许多诗歌被写在雪片上。

日光五书

红叶的消息

秋天的时候，日本许许多多地方都插了塑胶做的红叶。那些红叶做得像一把竹子的叶片，是四散分叉好像刚爆开的烟火，颜色有红有黄有浓有淡，通常夹着两片绿色，叶片则有三瓣、五瓣以及一些不规则的样子。

虽是塑胶制品，在阳光下同样鲜艳地燃烧，如有生命一般。到了夜晚，灯火一映，也自有秋夜的凄清。有的地方挂得特别多，尤其接近盛放枫红的地区更盛，像东京浅草的仲见世购物中心，几万把红叶同时挂在屋檐下，夜的牡丹灯笼一照，让人觉得整个世界已被红叶掩埋。像原宿

第三章 无关风月

明治神宫前的大道,两侧古木参天,路中灯笼成排,"枫标"则在灯笼与古木间摇曳,极为雄浑壮观,使太阳族聚集的原宿也有了古典的气息。

塑胶红叶再好,总是不及真正的红叶,它只是带来了红叶的消息。顺着这些在秋风里飘扬的一点红影,可以找到远处山中正在大片渲染的红叶。

我们后来决定上日光看红叶,多少受到那些指标的影响,一位住在日本的朋友说:"要看红叶就要马上启程,因为红叶的生命是很短暂的。红叶和彩虹一样,要红到最美只是瞬间的事。就说日光好了,最美的日光红叶只有一星期,那最美的一星期就是这个星期,上个星期红叶还没有完全转红,下个星期红叶已开始凋落。要上日光就要即刻出发了。"我们很庆幸正好赶上红叶最盛的秋日,第二天便往日光出发,在山腰上的鬼怒川宿了一夜。

第二天上山时,车子盘旋着绕山而上,山腰以下还是一片绿意,只是绿中有一些等不及的枫树已经转成淡淡的红色,树底下的箭竹还繁茂得不知道冬天。车子缓缓前进,我慢慢地发现,一山的颜色随着我们的车子,逐渐地,绿意在减少,红的黄的穿插着跑了出来,从一叶一叶到一株一株，到一片一片，整座山逐渐被秋天的魔手染成了红色。到最后仿佛感到车子正在开进红叶的洪流里，红色的枫叶在每一处转弯的地方有如猛扑而来的潮水，一波又一波，连绵不断。

　　车子沿着山壁行驶，愈驶愈高，愈能看见整座山谷，那山谷陡峭而有纵深，一探头，一座山谷就像泼翻了的调色盘，眼睛所能想象的颜色大致都有了，尤其是绿、黄、红、白、黑之间有极其细腻的层次：白的是白桦林的树干，白到如雪一般；黑的是不知名的杉树之属，黑到如刚焖好的木炭；红、黄、绿随高度转变，所以一圈圈地好像在水彩纸上先抹满了水再涂上颜色一样，互相牵引、牵制、牵绊，乃至于互相纠缠、缠绵、缠绕着……

　　来到标高一千五百米的汤湖时，红叶开始像台风天前夕的黄昏，红云万叠，密密地盖住整个山丘。那时才真正领略到枫叶的美，领略到大自然的红色竟然可以红到那样，深浓剔透，阳光一照射则反映出水晶的光泽。

　　在秋天，光是一种红就如此多姿，以前唯有在梦里见过。但是再往上走，透明的艳红又转成黑褐色，逐渐地凋落了，最后仅剩下孤零零的荒枝等待冬风的消息。

　　日光山顶上已经开始下雪了。

风　花

　　那雪不是普通的雪，几乎是无以辨认的。把双手摊开，雪并不着身，虽然明明落在掌上，并且也感到那一丁点儿的凉，可也就在落掌的那一刹那，雪像空气一样化去了。

　　不仅是在掌上如此，雪在任何地方都不着痕迹，落在车上随落随化，在树上地上也是随落随化，一点儿找不到落痕。在衣服上总有白的颜色吧，没有！沾在衣服上会濡湿的吧，也没有！

　　站在山上，看满天随着极轻微不可辨认的风轻飘的雪，是一片白，并且那样地真实，是可见的、可感觉的、可辨识的，却完全不能捕捉，它在风中写自己的诗歌，而且只写给风听。它不是为可具的形象来写诗的，所以，人不能掌握，树不能留住，甚至连那无边的大地它也毫不留恋，仿佛只在空气中诞生，在空气中逝去。它可能也不是从天上来的。它不是直直下落之雪，而是冬天第一批来和红叶告别的白色精灵。

　　远处还有着阳光的，近处还有着红树的，那极细极细的雪在这玄奥的山上格外有一种空茫与飘忽的气息，让我觉得这样的好天、这样好的红叶只是人生里极为偶然的相见。

我和陪我们来日光的日本朋友笔谈："常常在电影里看到日本细雪的景色，显得那样纯净、那样美，现在眼前的这些就是细雪了吗？真是美得让人觉得人生里真是幸福呀！"日本人很爱用幸福来形容内心的感动。朋友写道："在日本，这不叫'细雪'，这叫作'风花'。"

呀！风花！多么奇异而美的名字。

他继续说："为了它是开在风里的，它不开在树上，也不开在地上，只在风里面开放，在风里凋谢。你看那满山满谷，不像是芦花吗？只是没有芦秆罢了！"

"芦花没有风花这么美，这么细密，也没有这么温柔。"

然后我们就谈起了这些只开在风中的花，他告诉我，要看风花也是一种运气，在日本，通常第一场雪还没有下之前，会下一两次风花，只这一两场风花，接下来就是细雪了。

"细雪也美，只是不像风花那样，让人真正感觉到秋天逝去的忧伤呢！"日本友人本间弘美在纸上写着，然后抬头望着身前的风花，眼神飞得很远很远，几乎也像风花那样渺茫而令人迷惑。那一刻我真的忘记他是一位艺术经纪人，觉得他是文学家了。

由于风花的有色无相、有相无形、有形无声，让我想不起什么可以形容的话，只能感觉到在晴和的蓝天衬映下，大地竟也有无数流动的星星。

比较起枫树的红。枫红是把一生最后最艳红的血吐尽，在极短暂的时间怒发出来，所以情侣常喜欢把自己的血写在虽落犹红的枫叶上，来证明自己的爱；而风花呢，风花是情侣间无言的对视，它不必用痕迹来证明自我的存在，只是撒在空气中的一把情绪、一把眷恋或一把忧思。当情侣互相逃避对方眼神的时候，它就在风里散失了，永远不能证明曾经存在过。

因此，让我们看风花时就注视它的消失吧！只感动于当时当刻的幸福！

素民烧

我们为枫红和风花而动容之后，沿着山中瀑布的阶梯往下行去，在极远处听到那一条命名为"龙瀑布"的震人吼声。走近一看，这瀑布竟是日本庭园式的细致，不及想象中的壮伟，只是穿越了许多高低不平的巨石地形，有时甚至从树之枝丫间穿过，所以发出了巨大的响声。

因此常有这样的情形：听到响声大为震慑，穿越小路到达瀑布时却大为扫兴，耳朵与眼睛都要为此嘀咕一场。

幸好在瀑布口有一摊卖烧香鱼的小摊，烧法非常少见。有一个用石头砌成的大灶，约有人的半身高，长一米，宽两米，里面密密麻麻地倒插着香鱼，一次大约可以烧一百多条。

站在一旁看小贩左手从缸中捞出一条活的香鱼，右手就用削尖的竹签自尾向头贯穿了香鱼，随即插入灶中。由于竹签比香鱼长约五寸，插入之后，整条香鱼在火焰之上。约一分多钟，香鱼烧成金黄色，因为鱼身先抹了盐，增加了味道的鲜美。上百条香鱼在灶上烧，其香惊人，数十米外皆可闻到。

至于那鱼的滋味就甚难形容了。我和一群日本人围着那个大灶吃鱼，很少有人吃了一条就站起来，我一口气吃了五条，不只是香鱼鲜嫩的滋味，而是那样烧香鱼的方法实在是令人喜爱。

日本朋友告诉我，这种吃香鱼的方法叫作"素民烧"，意即一般老百姓日常吃香鱼的做法，同时也是最好吃的方法，因为从捞起香鱼到烧烤完成可以说是一瞬之间，而且火虽强旺，却不会把鱼的外表烧黑。

我非常喜欢"素民烧"这个名字，好像使人抛弃了一切，还原到人最亲切的那一面。就是那样随意的一口土灶，便烧出了最好的美味。

日光山下的湖中养了数以千万计的香鱼，因为这里风水纯净，山光优美，完全没有人为污染，所以日光所产的香鱼是日本最著名的。香鱼是最自我珍惜的鱼，听说愈是风景好，愈是水纯净的地方，香鱼就愈好吃。水一旦稍受污染，香鱼就自绝而死了，这种属性使得香鱼捞起来就能吃，不必开膛破肚。

日本友人告诉我，吃香鱼可以测知水受污染的程度。受污染严重的水质养出来的香鱼，鱼肚子有浓厚的苦味；要是水质干净，那苦味是极清淡，接近于无，而细细品尝，舌尖上就能感觉到那微细的苦。而尝香鱼腹中的苦是吃香鱼的极大乐趣。这真是惊人的论说，却让人更体会了香鱼的神奇。香鱼无言，却用它的肚腹表示了对环境的抗议，苦到极处，它就不愿生存了。

这使我想起新店溪上的香鱼，过去曾布满香鱼的新店溪，如今早就绝种。日本人曾经与我们合作，在新店溪上游放生几百万条香鱼,可惜大部分仍然死去了。我想那极少数存活的香鱼,一定也是苦得难以下口的吧!

我们有许多可爱的"素民",也有许多赖以存活的河流,我们过去曾有无以数计的香鱼,但如果环境这样下去,我们就永远吃不到香鱼,不要说是素民烧了。

逍遥园

我感到一种莫名的忧伤,当我走进日本的寺庙时。不像日本人对待香鱼,一般的日本寺庙已经完全受到金钱的污染了。

虽然寺庙不收门票,也不主动向人要钱,但我们可以看到钱在四周流动,使原本纯净朴素的寺庙,有时候像个卖菜的市场。

在寺庙的入口处就有和尚或穿古服的少女,向人推销那些所谓的纪念品,包括书本、明信片、纪念品,以及保佑发财、平安、婚姻、学业、工作、生子等种类繁多的"香火"。进入寺庙以后,隔一扇大门,左右就有两摊卖纪念品的铺子,香客围着购买,使寺庙之美毁败无余。

最妙的是，寺庙里也出售"灵签"。抽签的人不必拜拜问神，只要花一百元买一支签，因此签中往往牛头不对马嘴。但日本有一奇风异俗，不喜欢的签可以结在寺庙的树上送还给神——怪不得日本一般的寺庙都有结签满满的树。

日光山上有几座十分不凡的寺庙建筑，像列为国宝的东照宫、轮王寺，列为重要文化财产的中禅寺、二荒山神社、二荒山中宫祠，都由于到处贩售东西而俗气不少。

我们到中禅寺是为了看一尊胜道上人雕刻的古老"立木观音像"。排队买票，再排半天队才进入寺里，却不能仔细欣赏这座立木观音，因为和尚在观音面前出售观音的禅杖纪念品。灯光幽暗，有些观光客买完以后也没有时间看观音了，因为下一批游客马上要进来。出门一看才知道那买到的禅杖是铝外镀了一层粗劣的金，真是扫兴。

在二荒山中宫祠，则由寺庙中卖一种酸奶，听说喝了以后可以生儿子。许多日本人排了半天队，才能喝到一碗酸奶，看了十分可笑。这菩萨如果有灵，恐怕不至于请人喝了酸奶才肯赐给他儿子吧！而且在那样幽静的庭园里，每棵树和每块石头都是细心铺排的,排队的人在上面嘈杂,真是煞了风景。

说日本的寺庙完全被商业盘踞,实不为过,日本人什么都要拿来卖钱,何况是菩萨呢!和尚轮班卖纪念品,恐怕也是世所仅见的了。

但走到庙旁的庭园时,才体会到传统日式庙宇的幽静。日光山上的"庭园"以东照宫的最好,有松梅幽篁、枫槭之属,池水弯曲有致,步阶相间回旋,一景一物全清晰地映照在清可见底的池水上,美丽无匹的锦鲤则姗姗游过池上倒影,池中颜色变化更是繁复。

要说中国园林与日本园林有何不同,那便是日本的更小了一号,他们甚至可以把看起来如千年古木的树种在一尺见方的盆中,而园中就连一株草也都有它应有的位置,石头的安排也不多出一分一寸,看起来虽然格局偏小,但是想到日本当今追求"轻、薄、短、小"的精密工业形态,和他们的生活哲学实有牵连,看这园林,不正是一架超薄型录像机组件里一样的安排吗?没有一点儿零乱,甚至连树叶落下也自成一个范围,互不干扰。

这个花园的名字叫"逍遥园",在东照宫的门口右侧。奇怪的是,东照宫里满坑满谷如蚂蚁窝的人潮,而逍遥园里却没有游客,形成十分强烈的对比,在这个世界上喜欢沉静逍遥的人愈来愈少,而大部分人赶千里路来,只是为了上山向和尚买纪念品。这时候我不禁想:一座寺庙和一株红树,到底哪一个才有永恒的价值?哪一种对人心更有益呢?有时候,寺庙中的暮鼓晨钟听起来还不及一声飞鸣而过的鸟声吧!

夜宿鬼怒川

住在鬼怒川的那天夜里,清晨第一道阳光射进纸糊的窗门时,窗外的鸟声哗然升起。推窗竟不见鸟影,唯天际几只巨鹰在松林顶上盘旋,黑色的身影在绿色的林上、金色的阳光里滑翔。

料想那短而清脆的声音绝不是来自老鹰,而是来自林间深处一种不知名的鸟,也许鹰也在找那声音的来源,只是那一刻看起来,来回绕圈的老鹰犹如指挥棒,而林中的乐师是随棒而鸣唱。

林中那一条溪水就叫"鬼怒川",溪水不大也不深,却因穿过两旁的峭壁,声音巨大恢宏,隐隐还有回声不绝如缕。尤其到了夜里，一切已归寂然，只留下这一条溪水的声音，更比白日里响了十倍，如战车轰轰然驶过。旅店窗口正好面对着鬼怒川，在深沉的静夜，真觉得有地动山摇之势。

夜间无法入眠，披衣沿溪而下，到中游的时候才见到川上有一老式的吊桥。桥高有十几丈，桥上铺了由两岸飘来疏稀的落叶，步行桥下摇晃有声。我站在吊桥中间倾听了这条小川所带动的声音，才知道为什么这川的名字叫"鬼怒川"。如不是鬼怒，如此宽不及五尺的溪水何以能在秋夜里发出震人的巨吼呢？若说这溪水有什么美，还不如说溪的名字非常动人。

鬼而有怒，怒而纳声于川，且在夜里发声而吼，也算是大自然的天籁之一。更奇的是，这鬼怒之川不是冷水，而是温泉，从地底冒出来的热度，约在六七十摄氏度，因而烟雾弥漫，把整道溪水的声音蒙住。而下游处水温已退，有的地方甚至波平如镜。

在这个地区，所有的房屋全依川而筑，温泉没有硫黄味，水清如瓶，早就是著名的温泉区了。只是一般上日光看红叶的路客匆匆，极少有在鬼怒川投宿的，夜里比邻的街店便没有一家开张。最后找到一家卖荞麦拉面的店，由于店中的温暖,才猛然觉得外面的鬼怒川已是最后的秋季了,它有一种透骨的寒冷,只是刚刚为鬼怒之声所迷,不觉得那种寒冷罢了。

问起卖面的妇人:"怎么鬼怒川的枫树还没有开始红呢?是不是因为地气热的关系?"

"不是的,一条川的地气哪里挡得住整山的风寒?是因为还没有轮到这里红呢!春天的时候,樱花是往上红的。秋天的时候,红叶是往下红。这鬼怒川正好在中途,是在春最暖时樱花开,在秋最盛时红叶红。每年都是这样的,再过一星期,红叶就像排着队往山下走去了。"

在妇人的口中,樱花和红树不是一株一株,而是整山有了生命,像是游牧的种族,春日晴和时爬上山去赶集,而秋天到时则散向有水草的居处。听说这鬼怒之川,秋冬时呐喊得最厉害,好像在为红叶最后的一程鼓着哗哗的掌声。

掌声在四野散去。

让人觉得鬼也是大地的精灵之一。

红叶也是大地的精灵之一,赶着上山的人也是大地的精灵之一,香鱼是,风花更是。

好吧,让我来说说鬼怒川的声音:如果山顶红叶往山下走时,你听到红叶猛然变色的声音,那正是鬼怒川的呐喊。

鬼怒川的呐喊,也是秋天的时候,红叶的消息。

图书在版编目（CIP）数据

思想的天鹅 / 林清玄著. -- 成都：天地出版社，2024.10. -- ISBN 978-7-5455-8398-4

Ⅰ.I267

中国国家版本馆CIP数据核字第2024JD8416号

本书由台北九歌出版社有限公司授权出版经四川文智立心传媒有限公司代理

著作权合同登记号 图进字：21-24-080

SIXIANG DE TIAN'E
思想的天鹅

出 品 人	陈小雨　杨　政
作　　者	林清玄
责任编辑	吕　晴　王继娟
责任校对	马志侠
封面设计	V 霄
责任印制	王学锋

出版发行	天地出版社
	（成都市锦江区三色路238号　邮政编码：610023）
	（北京市方庄芳群园3区3号　邮政编码：100078）
网　　址	http://www.tiandiph.com
电子邮箱	tianditg@163.com
经　　销	新华文轩出版传媒股份有限公司

印　　刷	北京天宇万达印刷有限公司
版　　次	2024年10月第1版
印　　次	2024年10月第1次印刷
开　　本	880mm×1230mm 1/32
印　　张	7.25
插　　页	16P
字　　数	137千字
定　　价	42.00元
书　　号	ISBN 978-7-5455-8398-4

版权所有◆违者必究

咨询电话：（028）86361282（总编室）
购书热线：（010）67693207（营销中心）

如有印装错误，请与本社联系调换

以吾蒼列文字，分發人类田名